約翰·下雨

蘇那——著

【各界名家推薦】

初讀《約翰．下雨》，好像在看打碎了的鏡子，每塊碎片都反射著各種關係：有人與人的、人與ＡＩ的、生者與死者的、愛與被愛的，每段關係都十分細膩。而且當全部碎片拼湊起來時，所呈現出的結局更加令人印象深刻。

——黑貓Ｃ（第五屆島田莊司推理小說首獎得主）

在滿足讀者推理慾的同時，書寫出青春的美麗與哀愁。

認識蘇那，是在網絡故事平台tbc...，在芸芸作品之中，蘇那的《五人夜話》閃爍著奇異的柔光——幾個年輕人辦了營火會，在明明滅滅的火影中，道出一個又一個充滿香港情懷的靈異故事，看似寫鬼神，但更多的，是在寫人。

而《約翰．下雨》寫的也是人，更準確地說，是年輕人。

在中學階段的孩子，剛告別了童年，一隻腳踩在青年的界線，另一隻腳已跨進大人的世界裡面，既不再童稚得犯了事能被敲一下頭就算，卻又未成熟世故到足以應付成人世界的紛擾，他們夾在這道狹縫中，敏感而多愁，天真卻萌生了種種不為人知的惡意，既渴望別人熾熱的關注，又一頭扎進冰冷的手機裡面。

《約翰・下雨》在一層一層詭計包裹之下，是一個一個青年與世界對抗的血色童謠。難得的是，蘇那並沒有以成年人的眼光，遠遠審視這些寂寞又躁動的青年，而是與他們站在同一陣線，在滿足讀者推理慾的同時，書寫出青春的美麗與哀愁。

——陳煩（香港小說家，著有《前度旅行》、《情敵勸退師》等）

我喜歡《約翰・下雨》這個似乎飄著酒香的書名，很有鐵漢柔情的味道。曾經得過文學獎的作者蘇那，我在夏日的午後品讀，發現本書內容不僅網羅了一本好看的推理小說的所有元素，還有濃郁的藝文底蘊。隨著故事發展，閱讀的心情也從細雨紛紛到雨勢磅礡。至於《約翰・下雨》是雨繼續下個不停？還是風雨過後，天空出現一到彩虹呢？我要保留這個答案。

——葉桑（推理作家，近作《浮雲千山》）

【作者序】

故事一開始，嫌疑犯已經出場了。

他所執行的殺人計劃，雖然全都以失敗收場，但身邊的人卻相繼地死去。

警員張偉森不是一位神探，而是一位旅人。實際上他並沒有破解什麼謎團，只是「命運」把一個個的謎團，在他面前戮破。

你甚至可以說，讀者知道的，比主角還要多。

這樣的小說，還能寫下去嗎？

我試著尋找那廿一世紀本格推理小說的題材，和不少人一樣，我想到了人工智能，但請別誤會那是什麼「智能叛變」，我想到的是它如何和人發生感情？它怎樣介入事件？它會不會懂得犧牲？之後，一群十六、七歲的青年在我眼前出現，於是我決定描寫他們，那些踏進廿一世紀出生的青年，與手機一起成長的千禧嬰孩。

我無時無刻都提醒自己，那個「謎」vs「解決」之間的高度邏輯性和思考性。然而一個精心策劃的詭計，在現實中能否準確地操作起來？一個近乎完美的邏輯性推理，又是否真的能解開謎團？

可能是性格使然，最後我還是走向了心理層面。詭計中可否帶點意外？邏輯中能否帶有感情？以概率學為例子，自從博弈論問世後，概率的考慮已不是純粹機械性理論，而是涉及了參與者的策略，而制訂策略又往往涉及心理因素，這正讓所謂的預測行為和實際行為大幅偏離。就像大家熟悉的「囚徒困境」，預測最有利的後果，是兩人都不指證對方，但在單獨囚禁的情況下，最可能的後果，卻是兩個都指證對方。不過，如果囚犯二人之間，有一種微妙而看不見的連繫，那個最意想不到的結果，會不會反而是最合乎情理的呢？

要彰顯那科學性中的文學性，我認為博弈論的例子相當適切。

所以最讓我迷戀的還是「動機」，我希望讓它散發出一點光芒，照耀整個故事。它能帶領讀者，窺探犯罪者心靈深處，而獲得一種非血腥暴力所能言喻的震撼。因為當你細意地看待他們的內心，那些年青犯罪者，你會開始感到難以責難，甚至生出一種憐惜的悲情。

如果硬要說獨到之處，可以這麼說，那是推理小說和文學故事，像旋風杯雪糕似的扭在一起。

文中提到一些推理小說的作者，或其作品，我由衷的致敬。相信踏在巨人的肩膊上，我們還能走很遠的路。

蘇那

目次

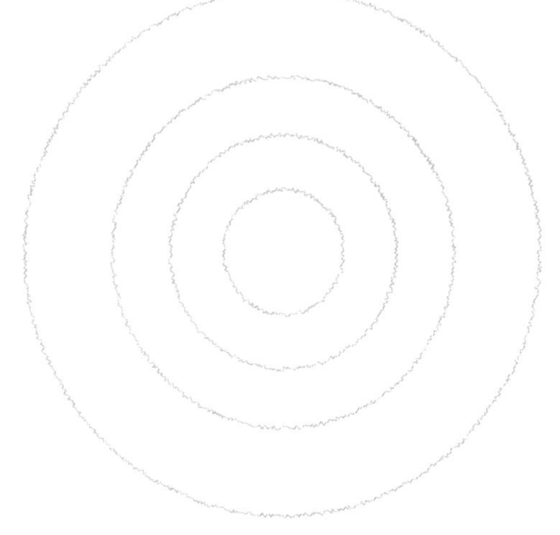

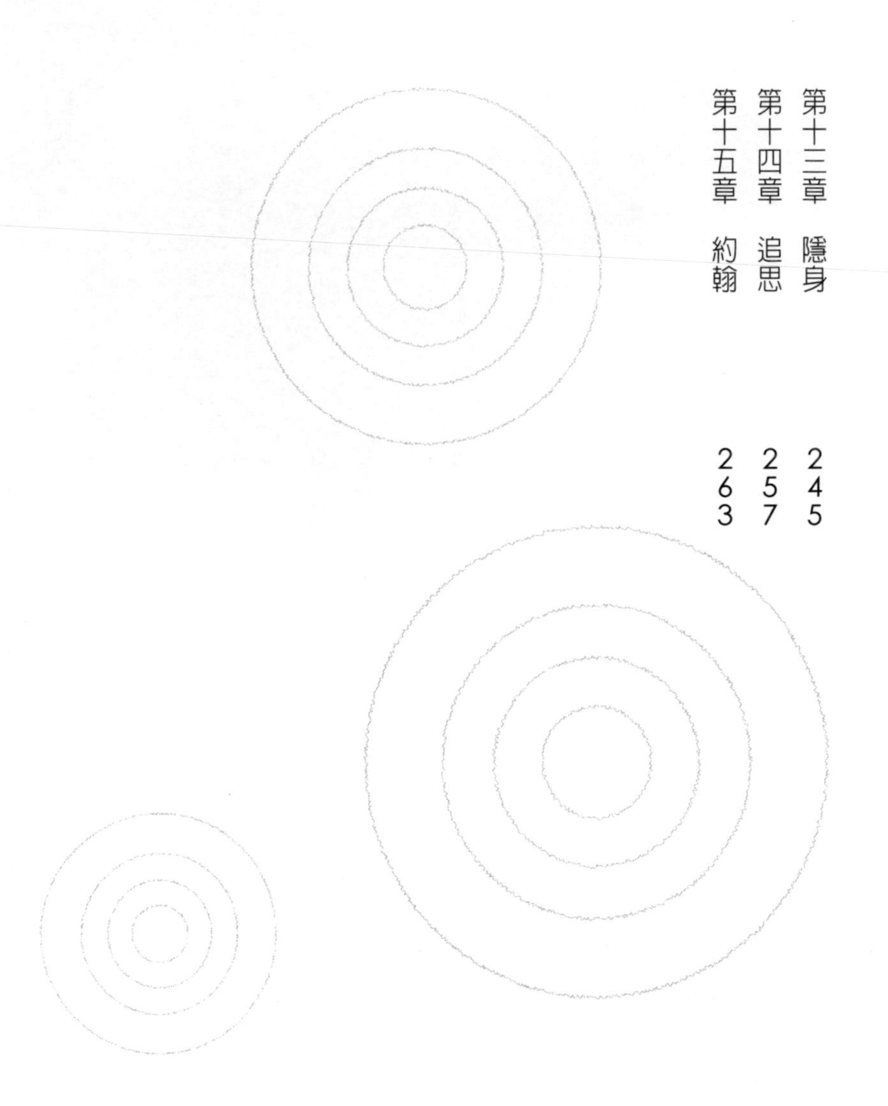

第一章　任務

天空還有點餘暉，霓虹招牌已急急亮起，下班的人吐著蒸氣，瑟縮地穿梭往來，車子在馬路上追追趕趕。

栗子檔的老人提起尖剷，使勁地攪動黑砂，鑊上冒起熱騰騰的白煙，薰著縮起肩膊的一撮人，縱是嗆鼻、刺眼，卻無阻那股取暖的興致。如果不曾發生往後的事件，這個冬夜將會平凡得沒人念記，老人會挽著滿滿的錢袋，回家做個好夢。

剎那間，嗡嗡的談話聲，車子的響號聲，老人吆喝的叫賣聲，被一聲砰然巨響吞噬。鬧市驟然失去聽覺，死寂只維持了幾秒，然後換上了女人的尖叫。

一輛私家車撞上了護欄，司機爬出駕駛座，踉蹌地倒在馬路上，玻璃散落一地，車尾箱完全塌陷，地上俯伏著一個女人，手腳扭曲到不可能的方向，後腦上的散髮掩蓋著臉，只剩下沒閉目的雙眼。有人落荒而逃，有人駐足觀望，人們開始往大廈上方指指點點、議論紛紛。老人跌坐地上，顫抖的手按在胸前，口中唸著「喃磨呵呢陀佛」。

血灘在地上蔓延，倒影著彩色的燈光，沿著路面的弧度，汩汩地流向雨水溝。

大廈的入口在十多米外，人潮正從那裡陸續走出。穿著校服的阿喬，斜挽著書袋，高大的身影掩映在人群中，他沒往栗子檔那邊走，而是默默地低著頭，逆著人流離去。他無法抗拒被途人盯著的感覺，轉向僻靜的橫街，又走了好一會，來到一條巷子的暗處，他才放開緊握的拳頭，呼著大氣。他感到牙關的酸痛，腦子裡一片空白，沒方向沒目的地。接著他聽到救護車的嗚號，才回到了現實世界。他打開袋子，把那預先綑好，約一米長的繩子掏出，丟進垃圾箱內。

「她死了，怎麼辦？告訴我，求妳。」

「要到哪兒去？」

「求妳……回覆。」

他盯著自己的留言，對那最後一根救命草感到茫然。

「求妳……」

小巴在不知名的街道奔馳，乘客只顧撥弄手機，完全沒注意到，這位神情癡迷的男孩。

寒風從窗隙間竄進，等待回覆的一刻，像無盡黑夜般漫長。

從銅鑼灣地鐵站走出，經過還未開店的大街，抵住東邊的晨光，走一段不到十分鐘的上坡路，再拐過一個重建中的地盆，視線便會豁然開朗，一所偌大的、多幢建築物組成的學校，巍然座落在一片蒼綠的山丘，校舍以白色為主調，一種殘舊而灰濛濛的「白」。視線越過圍牆，是一座由長走廊貫通，樓高五層的教學樓，貼近馬路這邊是一座體育館，前面種了一列十多棵的細葉松，巨型外牆的上方，鑲著用中英文並行的學校名稱，那些銅鑄的字牌都已被蝕得發黑，較小的英文字體已不能辨識。

反而最底一行的校訓還能勉強看得到：*Virtue et Veritas*[1]

校門那邊學生還不多，穿的都是傳統天主教學校的服飾，男的白衫灰褲，外穿深藍色的絨褸，女的深灰連身裙，裡面是圓領白襯衫，領口還有個藍色小領結。儘管學校外型那麼莊嚴，學校的對面馬路，卻是些破破落落像發了霉的商店，小食肆、汽車維修店、五金行，林林總總。

偉森走進一間店面很小的茶餐廳，裡面儘是侷促的卡座，學生們自然地集中在一側，另一邊有幾位憔悴的中年人，大概是老師不錯了。他在近窗戶旁找上了一個座位，還未正式坐下，一個茶色塑膠杯已被擱下來，茶濺落在桌面的玻璃。

「吃什麼！」年輕的伙計正盯著牆上的電視，嘴角露著不相干的微笑。

「餐牌呢？」

「A、B、C、D餐，要什麼？」

「都是些什麼？」

「A餐蛋麵、B腿蛋米、C腸蛋通、D……」

「D什麼？」

「隨便組合罷！」伙計一邊耳朵還插著耳機。

「麻煩你要B餐。」

1 *Virtue et Veritas*——拉丁語，中譯：美德與真理

「C？」

「不，是B。」

「啊，B！大聲點嘛！」

幾個女生望向他，抿著嘴在笑，他倒不介意，禮貌地回報一個笑容。其中一個臉上有雀斑的，望著手機在整理髮蔭，旁邊一個在塗唇膏，另一個較胖的則坐直了腰板，不斷檢視著自己的胸部。坐在角落的幾個男生，眼神充滿敵意，口中的飲管給咬得扁塌了，還是無意識地啜著杯中的冰塊。他開始懷疑，自己離開了香港十多年，還有可能猜透這班年輕人的心嗎？更何況他在九歲時已到了美國唸書，本地中學對他來說，只是個逝去的憧憬。

他們要麼交頭接耳，要麼高談闊論，但一旦手機傳來訊息，都會馬上把精神抽離這一邊，專心一意地和「那一邊」聯繫，眼前的世界和另一邊的世界，腦子裡像有個按鈕般，任意地轉來轉去。

他望向對面的學校，窗子方格正框著一座小教堂，十字架豎在塔樓頂上，也是灰濛濛的白色。隔著玻璃的塵埃和水漬，看上去真像一幅褪了色的油畫。

「到底，她在哪裡？」

背景是黑沉沉的街道，一個女生捧著書迎面走來，踏著輕盈的步履，雙眸在晨光中泛起笑意，她就在那裡，微風撫弄著一頭秀髮，把裙擺吹向一邊，浮現出那修長大腿的輪廓。他不自覺舉起了右手。一陣氣流經過他的背項，男生和女生擊了一下掌，女生的笑容如春天般燦爛，他們倆越過馬路，互相傾訴著那些說不完的話題。

手機的畫面上，布滿了不同應用程式的圖標，但在右下方，卻有一個空格沒被佔上。她用食指輕輕的觸碰那空白的方格，螢幕馬上轉成全黑，彈出了白色的文字。

「妳在聽嗎？」電話的話音響起，是一把年輕男性的聲音。

「妳在聽嗎？」

「在呀，我在這。」

「現在該是睡覺的時候。」

「已躺下了，可是還沒睡意。」

「那妳應該起來，把數學科的作業完成，限期是明天。」

「已做了。」

「不可能，數據顯示妳，剛才在社交平台停留2小時，然後看了1.5小時的網上小說。數學科作業以妳的速度大概需要1.5小時，妳在學校離開時是18：10，GPS顯示妳回到家裡時是19：05。」

「別再說了。我是馬馬虎虎的做了。」

「什麼是—媽媽呼呼？」

「噢，你要查老虎的「虎」呀，別囉嗦了……來點音樂，好嗎？」

手機馬上傳來了布拉姆斯的搖籃曲[2]。F大調鋼琴聲瀰漫在空氣之中，讓她對「他」產生了一種虛幻的真實感。

「你選錯曲了，我根本還沒想睡覺。」

「妳需要，妳失眠了好多個晚上。」

「你知道？」

「我知道。這個月妳遲到了三次，但沒有交通擠塞的紀錄。」

「噢！可惡，又是數據，該死的數據。」

「數據是不可能該死的。」

「好了，你什麼都知道，你知道我心裡想什麼？」

「我的推斷必須基於客觀事實。」

「我告訴你，我現在心裡想的，是要把一個人殺死，你能給我什麼客觀意見？」

「妳說的是個比喻嗎？」

「有關係嗎？」

「如果不是比喻的話……」

「OK，就算是比喻罷。」

「……殺人需要動機、妳願意談談這個嗎？」

2 布拉姆斯《搖籃曲》（Op.49 No.4，1868）

「你太可愛了，竟然和我談動機，算了，只是說笑，別認真。」

「你不是說笑的機會率，是百份之四十。」

「即是我說笑的機會是百份之六十，那你猜對了……」

「那動機是什麼？那百份之四十的動機。」

「這個嘛…大概是痛苦罷……痛苦，pain，你知道是什麼嗎？」

「我知道，字面上的意思。」

「哈哈，說來聽聽。」

「痛苦是一種廣泛而複雜的人類感受，意指任何事物，會讓人經驗性地感到不舒服、不快樂、難過等負面情緒，成因多與受到傷害，或受到傷害的威脅有關……還要繼續嗎？」

「你聽我說，噢！怎麼了哩，總有一天，我會把你關掉，澈底的關掉……」

「妳不能關掉我，我一直都在這裡，妳能關掉的，只是這扇窗子。」

「什麼窗子……」

「妳的聲音像是睏了。」

「有一點，音樂很催眠。」

那以右手彈出的伴奏，簡單而純潔，恰似母親搖著孩子睡覺的動作。

「好好睡一覺，明天又是讓妳驚奇的一天。」

「是嗎？你肯定？」

「漂亮的肯定……」

安睡安睡，乖乖在這裡睡
小床插滿玫瑰，百合的香氣吹入夢寐
躺著躺著，祝福您睡到天亮……

三拍子的圓舞曲到了最後一段，琴聲漸漸消去，取而代之的是她深沉而不安的呼吸聲。公路下著雨，很大很大的雨點和很兇很兇的水撥，匆忙的車輛，沒有減慢速度的意圖，越過，濺起巨浪，車子在巨浪中翻滾，輪子朝天空轉動，卻沒有聲音。她的裙子都染紅了，從後座爬出車外，大雨干擾了視線，前座只有兩個蜷曲的身體，沒有動靜。她拍打前面的玻璃，又用盡力氣去拉動手把。幾個龐大的身影在四邊出現，一雙手把她拉開，提起，她掙扎地踢著兩腿，卻好像氫氣球般往上飄，飄到一個高度，鳥瞰這幅淒厲的風景，雨聲蓋掩了她的吶喊。

「咯咯。」他敲響了磨沙玻璃，一把滿不在乎的聲音叫他進入。

「警員ＵＩ３０９８６，張偉森報到，Sir！」

坐在會議桌上的是年約三十來歲，身穿黑皮褸的男人，他方才放下了手上的平板電腦，略帶高傲的面容上掛著一對十分明顯的眼袋。偉森馬上推斷得到，對方也是個行動組的探員。

「坐下，我們灣仔這一邊，一向都不拘禮的。」那男人用兩隻手指做了個坐下的手勢。

偉森拉開新簇簇的椅子，事實上，這裡所有家具內飾，都是那麼簇新的。

「我姓陳，是這裡的高級督察，大家都叫我Roger。」他心不在焉的說著，然後拿起桌上的文件夾，一邊搔著下巴說：

「張偉森，29歲，大埔警署失蹤人口組……23歲加入警隊……28歲升見習督察……」他唸唸有詞地翻著資料。「看不到有什麼特異功能啊。」

給他這麼一說，偉森不知如何回應。

「要不是局長的意思……算了罷，」他一下子把文件夾合上：「你們那一區，真的很多人失蹤。」

「新界那邊一向都是這樣。」張偉森恭敬地回應。

「失踪人口多，破案數字也自然多了，沒什麼了不起。」

「也許是的。」偉森對這前輩的態度，還是摸不著頭腦。

「你大概也知道在一個月前，我們這邊有個case，很轟動。」

「有通傳，但收到的資料不多。」

「當然！那是我們的案件，而且大部分資料是高度機密。」Roger從椅背彈起身子，在電話機上按了個鍵。「Tracy，進來。」

「晚一些，局長會向你交帶任務，不過你先得了解案情。」

不到十秒鐘，一位穿著黑色套裝，紮著馬尾的女職員進入，敬過禮後，二話不說就到電視機那邊，走過時牽動著淡淡香水的味道，她雖然算不上讓人眼前一亮，但秀氣自信的眼神和那爽快純熟的動作，倒是十分惹人好感，她瞧了偉森一眼，便在螢幕上打開了個簡報的視窗，像個大學生般開始演示。首先映入眼簾的是一間灰白色的傳統校舍。

「二〇一六年十二月二十四日，晚上7時02分，跑馬地一所中學報案，懷疑有人在校內自殺，同一天的上午，該校一名女生范曉彤的家長，向灣仔警署報稱與女兒失去聯絡……」

Roger的車子到達現場時，已經有兩部警車抵達，濕漉漉的操場上，閃耀著紅藍交替的警號燈。

「有沒有動過現場？」

「沒有，一切維持原狀。」一個軍裝警員焦急地為他開路。

「通知鑑證科了？」

「在路上。」

「屍體呢？」

「這個……」

「我說屍體，不是自殺嗎？」

「報告，還沒發現屍體。」

更衣室在學校舊翼地下，因為前方加建了更高的建築物，所以位置有點隱蔽。越過幾名軍裝，更衣室的門半掩，裡面滲出白光。他拉開圍封膠帶，用手肘把門推開，眼前的景象和他設想的大相逕庭，以他十多年的刑偵生涯，什麼血腥的場景未看過哩，大概也沒有什麼可以把他嚇倒，但眼前的景象就是不一樣，儘是叫人有種莫名奇妙的陰森感。

那是個樓底很高，面積不到30平方米的房間，地面是深棕色紙皮石，牆上到2米高的地方鋪著普通的白瓷磚，沿著牆放了幾張長椅，上面附有掛衣用的鉤，對面則有鏡子和洗手盆。

天花板垂下來一把三葉吊扇，上面懸著一圈像是繩子，又像是布條的東西，圈子剛好比人頭大一點，呈橢圓形的往下垂。一邊牆斜傾著一條鋁製梯子，那是典型懸樑自盡的情景，要是這麼的話，當然算不上什麼。然而讓他震懾的，是在那圈繩子的正下方，散落著一地的衣物。最明顯是那條深灰色的校服裙，一件深藍色的校褸墊在裙子下，還有一副膠框眼鏡。地上相距大約一米的地方，各有一隻白襪子，兩隻皮鞋一東一西的擱著。在皺摺的裙擺下方，驟看以為是一塊手帕，卻原來是女生內褲。

「妳的意思是，屍體人間蒸發了？」偉森這樣問時，女職員怔住了，只有把視線轉向她的上司。

Roger嗤笑了一聲。

「你可以這麼說，還沒有發現女生屍體，現在只當作人口失蹤案處理。」

「女生所穿的衣物都在那裡？」

「是的，還有髮夾和橡筋，胸罩就裹在襯衣裡，連背扣都沒有打開過。」

「肯定是屬於同一人的嗎？」

「她母親確認了，內衣褲上的ＤＮＡ和她家裡採集的完全吻合。」

「別那麼長氣了，總之都是她的，而且沒發現精液。」Roger搭上了腔。

「那繩圈呢？」偉森指著畫面上的大特寫。

「最後發現那不是繩，是清潔用的白色大毛巾，斜捲成條狀，然後套在風扇上，毛巾上找到的人體油脂，證實也含有相同的ＤＮＡ。」

「能弄出這個場景，也得花點時間，沒人目擊嗎？」

「那是學期完結的最後一天，學校只上半天課，下午基本上已沒人留校。」

這時螢幕上正展示著由低角度拍攝的照片。雖然燈火通明，卻掩蓋不了那種空洞洞的不安感。

「那種感覺，就像看見一個女生被吊在天花上，突然間，屍體消失，成了空氣，所有她身上的東西，就這樣飄下來。」

「Tracy，不必作主觀的描述。」

「對不起。」她連忙欠身表示歉意。

「不打緊，」偉森表示：「妳有這種感覺，可能正正就是行兇者的動機。」

這時，熒幕呈現一幅更衣室牆壁的近照，讓偉森不自覺的幾乎站起了身子。牆上打上了一片藍光，八個泛著磷光的英文字母，每個都有A４紙那麼大。

「johnrain？」縱使字母不像書寫文字，而且十分殘缺，但也能辨認出來。

「不錯，就在那堆校服後面的牆上，那堆字本來已被抹掉，幸虧鑑證的同事發現了細微的筆痕，最後用化學方法鎖定那些殘餘的粒子，那個……證實是粉筆。」

「如果是血字，還會有個調查方向，」Roger敲著桌子說：「該死粉筆字，簡直是小學生的塗鴉……damn！」

「我們從字跡、名字意思等方面查過，暫時沒有發現。」Tracy說時不住留意著上司的神情，生害會有什麼爆發似的。

「那時學校裡有什麼人？」

「除了報警的保安員，還有首先目擊現場的清潔女工和一個女學生。本來有一位神父是住在學校裡，但事發時他正好外出了。」

「他們有可疑嗎？」

「沒有——」Roger斬釘截鐵的說：「我可以保證，調查是澈底得不可以了。」

雖然他的語氣古古怪怪，但偉森覺得對方查案態度，倒是無容置疑的。

在頃刻沉默中，兩個男人都好像若有所思似的。Tracy輕聲的問：

「可以交代之前的情況了？」

「當然，去罷。」

接下來的簡報轉為列點形式，根據時序排列：

十二月二十三日19：15，由失蹤女生手機發給母親的短信，內容表示放學後和同學到卡拉ＯＫ，不回家吃晚飯。

十二月二十四日 大約凌晨，母親致電女兒手機，打通了但沒人接聽。其後再次致電，手機已是關閉狀態。之後亦曾致電幾位女兒的朋友，依然沒有她的消息。

十二月二十四日08：30，其父致電學校，學校稱沒有該女生的回校紀錄。

十二月二十四日09：05，學校再接獲其父的查詢。

十二月二十四日09：30，警方接獲失蹤報案。

十二月二十四日10：15，特遣隊到學校及周邊地方了解情況，因為失縱未及24小時，所以仍未正式展開搜索。翻查了學校閘口的閉路電視，疑似失縱女生於前一晚19：00單獨離開校門。後來經夜班警衛證實，她是當晚最後離開的人。

十二月二十四日14：35，追查到范曉彤的八達通紀錄，指她前一晚於灣仔司徒拔道上了一架6號巴士，目的地是赤柱。

十二月二十四日15：20，接獲消息，有人於赤柱聖士提反灣，發現女生的書包。

……

雖然仍是下午，但濃厚的烏雲讓天色驟明驟暗。石灘上正刮起寒風，加上綿綿雨絲，讓警員們禁不住要往手上呵氣。

「發現書包的人？」Roger雙手圍在胸前取暖。

「已初步落了口供，62歲，退休人士，自稱是這裡的釣魚常客。」Tracy邊回答邊吐著蒸氣。

「書包是她的？」

「已證實。」

「手機？」

「仍未找到。」

Roger怒目環顧四周，然後不斷指揮著警員，又命人到附近小店，救護站、村屋等地方偵訊。

「報告！女生的父母來了。」不遠處的一個警員喊道。

「誰叫他們來的！」

「是鑑證那邊，叫他們直接把女生的衣物帶過來。」

聽了Tracy的解釋，他才稍稍降下怒火。

在石灘後面的空地上，警車旁邊停了一輛金色的平治。一個女警摻扶著一個穿皮草大褸的婦人，戴著墨鏡有點大人物的氣派，看樣子還很年輕，來到沙灘上時她已緊張得站不住腳，不斷問警員找到了女兒沒有。身邊穿西裝的父親年紀要大上一截，他顯得相對的冷靜，眉頭深鎖地四處張望。

「女生的衣物帶來了沒有？」Roger劈頭便問。

母親馬上停止了質問，從手袋裡掏出一個白色膠袋。

「把它拿給搜索隊，」他指示著Tracy說：「警犬隊到了沒有？」

「大概15分鐘後到。」

「該死！快打電話催催他們！」

那母親聽到召警犬，受了刺激般又開始發瘋的嚷起來，父親一邊安撫著自己太太，一邊說：「是不是找到了她的東西，水警那邊通知了沒有？」

「已經開始海面搜索。」Tracy馬上補充：「但暫時未能證實她已經墮海。」

「怎麼說沒證實呢？」父親加重了語氣：「一個女孩夜深跑來這裡，丟下書包……」

「直到深夜時她還未回家，我打她的手機一直都沒人回應…」母親開始嗚咽，不斷重複一些已沒有用處的資訊。

「OK，謝謝你們合作，請先到警局去，我的同事會和你們落口供。」Roger忙作出了逐客令。貴氣的母親還是不斷在哭哭嚷嚷。

「放心，我們會找到她的。」Tracy盡力安慰著她。

就在女警要護送他們離開時，Roger突然對那父親說。

「你和你太太，最近有沒有得罪什麼人。或有什麼金錢瓜葛？」

「什麼意思？」

「你是個生意人，不是嗎？」

辦公室內沉默了片刻，Roger不耐煩地用筆尖敲著桌子。Tracy偷偷的望了望偉森，等待著上司的指示，最後搔著下巴的Roger打破了沉默。

「沒錯，不是綁票，但就當時情況來看，父親是個有錢人，母親是大陸移民……但你別想多了，並沒有歧視成份，只是懷疑。」

偉森實在沒有往「歧視」那邊想，不過對方卻說了。

「若果是綁票，也不會一個月後也不勒索贖金。」偉森說：「不過，那更衣室的佈局，的確是有恫嚇的作用。」

「那是事後孔明。現在大家都從精神犯的方向追查。」Roger揚著眉說。

「對不起，我絕對不是挑戰你，你當時的懷疑也有道理。不過，如果是變態兇手的話，那更衣室的佈局，會不會是……斯文了點？」

「也不一定，斯文也可以是變態的，不能只看外表，像張探員你，也不是斯斯文文嗎？有誰會猜到你是警察呢？」

「那倒是真的，我也曾經在代客泊車的地方，見過像你這樣穿著的人。」

「你…」

看見上司的氣結樣子，Tracy差一點爆笑了。正當兩個男人大戰一觸即發之際，房門突然敞開了，一個穿制服的女警官斯斯然地走進。幾個人立時站起敬禮。她稍稍看了偉森一眼，便走到Roger身旁坐下。從她肩上的徽號已能知道，她是上司所說的分區局長，她臉頰有點發腹，雙目仍然神氣自若，髮髻染得黑油油的和她額上的皺紋很不相襯。Roger這時也稍稍坐直了身子。

「還未完嗎？先不用理會我，快把案子說下去。」她直接向Tracy發出指令。

「是，局長！」Tracy回應得相當開朗。

「事發前的那幾天，在學校後方有處小工地，進行地下水管工程，每天都有四、五個工人施工。我們查到了其中一個散工曾經有犯罪紀錄，於是對他窮追猛打，但他完全否認和事件有關，我們也找不到實質的證據，最後…我們甚至把填好的水泥重新掘開……」

「夠了夠了，就是這樣？沒有屍體，沒有嫌疑犯……」女局長說時，眉頭已皺成一條線，說明了她的懊惱。「我們香港警察是以高效率見稱的，都差不多一個月了，怎麼可能一點進展也沒有？」

「所以便找你來碰碰運氣了。」Roger打岔的說。女局長馬上瞟了他一眼。

對於Roger單單打打的口吻，偉森確感到不是味兒，但礙於甚是威嚴的女局長在場，身為外客的他，只有把不滿一口嚥下。

「差不多了，Tracy妳先出去。」女局長顯得有點著急。門輕輕的關上後，她鬆了鬆膊頭的肌肉。雙手交疊在胸前。

「你那邊的老頂還好嗎？」女局長的聲音突然溫和起來。

「托賴，還不錯，鄧局長也托我向你問好。」

「我和你老頂是學堂的同學，那時他已經天天跟我們講耶穌。」

女局長自然地露出一種對歲月的苦笑。

「客套話不說了，這是他想出來的主意，又極力推薦你去執行，我也不知為什麼會聽你老頂的，灣仔這邊能幹的總不少。」她說時身子微微傾向Roger那一邊。

「整間學校我們逐吋逐吋的搜，整個赤柱都幾乎給翻轉了，她到底在哪裡？」

「我有什麼可以效勞？」偉森誠懇地問。女局長的神情忽然現出了一些老態。

「能夠進入學校，弄出那個花樣的，很難說和學校內部完全無關，對罷？」

「絕對同意！」

「你老頂是個天主教徒，這個大家都知道的，他和那學校的神父算有點交情，所以最後決定……用一些較溫柔的手段。」

「溫柔——」Roger又嗤笑了一聲。

「不錯，要你混進去。當然，扮學生是沒可能的，扮老師也容易穿幫，剛好那位圖書館主任要放產假，所以你有十個星期時間。」

偉森全然沒預計過所謂的「協助調查」是這麼一回事，一下子說不出話來。

「什……什麼時候開始。」

女警官和Roger互望了一眼。

「最快的話，明天。」Roger晦氣地說。

「明天？」

「你要清楚一點，除了我們，就只有鄧局長和神父知道你做卧底的事，」Roger嚴正地說：「你要簽一份內部聲明，保證不向任何人透露，需要知道案件的資料，你只能夠接觸Tracy，還有！就算案子破了，你也不會領功，不過，我對這個期望不大哩！」

女警官乾咳了兩聲，示意Roger不要說下去。

「張偉森，你有信心接受這份差事嗎？」她說時把身子傾前。

「說實的，沒有。」

「夠膽在我面前說沒有信心的，你倒是第一個，但你必須知道，就是一隻小兵，只要走到了對方的底線，也能變成皇后。」

懾於她的威嚴，偉森的反應就只有點頭。

「我本來想說這是個order，但正如你老頂說的，這是個mission，無論是生是死，你的任務就是要把她找出來。你知道，mission這個字對他來說，有另一層的意思。」

「知道。」

「那你願意接受這個mission嗎？」

「Yes——Madam。」

第二章　校園

一想到那次交通意外，那個穿戴得體的女士又開始哭起來，坐在對面，穿slim-fit西裝、頭髮臘得很挺拔的年輕人，馬上為她遞上紙巾。

「閣下是唯一的監護人，只要妳同意，計畫就可以立即進行，這對大家都有好處。」

那年輕人盡是萬分同情的樣子，但也不自覺流露出像推銷員的口吻。

她沒回應，只是呆滯地望向一旁，那是一塊單向玻璃，對面個室坐著一個十來歲的女孩，手上拿著本小說，她雖然正襟危坐地望著書本，但旁人實在無法判斷，她是否真的在看書。

「她就是這個樣子。」

「看來很平靜嘛。」年輕人說。

「那才是個問題，她…這個年紀，不應該理性到這個地步，她應該哭哭啼啼的，可是……」

「那這個計畫可能真的適合她啦，其實在美國也有相似的研究，但我敢說我們的開發團隊絕不遜於他們，不信嗎？看看她父親就知道啦。當然妳會問：何以見得呢？其實我們程式已經發展到第二代，第一代的試驗者，都是針對那些有社交障礙的青少年，什麼毒男毒女，或者人們常說的『御宅族』啦，與其說是資訊科技害了這班人，為什麼不讓資訊科技變得更人性化，然後回過來去幫助他們，協助他們重新建立人際關係呢？基於第一代的數據，我保證第二代的演算方法會更臻完美……」

「夠了，夠了。」年輕人的滔滔偉論霎時間被打斷了。「你說的我都知道了…反而，怎樣能保證，那個東西不會傷害她，不會侵犯私隱？」

「閣下放心好了，我們的母公司是市值上百億的大機構，絕對不會胡來的，」年輕人邊說邊連連點頭。「那授權書已寫明了，我們不可以監察實驗者的日常活動，否則需要負上刑事責任，至於程式若進行剽竊、駭客等的行為，我們會收到警報信號，那是絕對禁止的。」

她的手已經按著桌上的Parker墨水筆，眼神仍然望著玻璃那邊。

「其實，我們每半年就會檢討計畫一次，到時假若效果不理想，妳也可以選擇退出的，當然啦，我們都有法律責任上的保密原則……」那年輕才俊繼續游說：「大家都知道，她對你們是那麼重要，他父親也是開發者，說不定，程式中多少會有他的精神臉貌……」

筆桿一揮，名字簽上了。不知是偶然還是什麼感應，玻璃另一面的她，已經站了起來收拾行裝。

圖書館內靜得有點駭人，只能聽到她排書的聲音，還有隔著密閉的窗戶外，傳來隱約嘻鬧聲，看來是在上體育課罷。

「為什麼還有人在這裡？不是該去上課嗎？」

「張sir，那我不是學生嗎？我又為什麼會在這裡？」

陳儀是第一位跟他說話的學生，任職圖書館總長。

「那邊幾位是高三的，快要準備公開考試，所以現在是自由回校的。另外那裡在小聲聊天的，都和我一樣，是退選了某個科目的的高中生，空堂的時候，都指定要到這裡來。」

這個戴著副老套的粗框眼鏡，說話蠻有權威的女生，答話後又再麻利地工作。

來到了學校第二天，偉森還未能約見神父，當然了，一來到便被最高權力象徵接見，必定會引起疑心。那位要去分娩的太太，確實訓練得一班好幫手，圖書館的日常運作都已經進入了「自動檔」，行政工作又不由得他去管，那正好讓他有時間去四處偵察。

「嘩！那是最新的128G型號，和別的老師不一樣啊！」本來古板的阿儀忽然好管閒事起來。

那平板電腦是第一天來到時，放在他桌上的，他意外地發現能用指紋開啟它，它沒有通訊功能，連Wi-Fi也不能接上，裡面裝載的，全是和失蹤案有關的資料，現場相片，指紋樣本，各人的口供覆本，還有閉路電視的剪輯片段，多不勝數，閱讀每個檔案前，得再次以指紋確認。

「你們常常戴口罩的嗎？」偉森心血來潮地問。

「奇怪嗎？」

「有一點。」

「最近好像是多了，流感嘛，我們這一代人已經被訓練到，只要有一兩聲咳嗽，就得馬上戴上口罩，否則就只有捱罵的份兒。」

那很有理，但當她說『我們這一代』時，偉森總覺得不是味兒。

「張sir，提提你，今天是興趣小組的招募日，請午膳時到體育館報名。」

「喔……」

「你不知道嗎？新老師也要加入一組！」

隨著人流走，路上的確吸引到不少好奇的目光，初中生仍保留著不少稚氣，前面幾個並行的女生，身型相近，全梳著一式一樣的馬尾，若再戴上口罩，真的會分不出誰是誰。男孩子則總是你推我撞，但只要你走附近時，又會生怕被罵似的害羞起來。

走進體育館，近大門口的都是那些制服部隊陣地，童軍、聖約翰救傷隊、儀仗隊等在示範步操。裡面兩旁已經像年宵般布置了不同攤位，可說是五花八門，各適其適，比較多人圍著的是那些「街舞團」呀、「電玩研究所」呀，還有什麼「３Ｄ打印班」的。相反，那些曾經流行一時的棋藝社、小說社等則可謂門庭冷落。為了爭取「顧客」，負責同學各出奇謀，拉攏那些低年級同學入會，可謂威逼利誘，無所不用其極。「動漫社」外的一個女孩，正「壁咚」著一個小男生、偉森走過時，她向他拋了個眉眼，用食指輕輕的喚他過去。

一直走到一個很寒酸的横額下，他才停下腳步。上面的紙牌寫著：「卻斯特頓偵探社」。

「老師……進來罷。」一個不胖不瘦，眼睛烏溜溜的女孩馬上招呼他。坐在攤位裡頭的，還有位個子小，皮膚黑黝黝的男孩，頸上還掛著一副大大的耳機。

「是入組嗎？是入組嗎？」他神經質地喊著。

「你們是攪哪一科的？」

「顧名思義，我們是專門研究偵探小說的。」

「簽個名！簽個名！」那男孩嗓門子大得很，偉森得用手護住耳朵。

動漫社的女孩向著這邊指指點點，這邊偵探社女孩也不甘示弱，回敬一個鬼臉。

「不用急，讓我自我介紹，本人就是社長，」女孩用世故的口吻說著，微笑時臉上有一對淺淺的酒窩。「而這位高大威猛的，是副社長。」

「我的外號是推理王子！」

「不要見怪，他已經算是小聲的了。先來了解了解罷，老師定必對偵探小說很有研究的罷。你對卻斯特頓有什麼看法呢？」

「其實我……主要是看日本那邊的。」偉森看過的偵探小說，大概不超過五本。

「較喜歡哪一位呢？」

「有嗎？有嗎？」男孩試著壓低嗓門，但分別不大。

「這個嘛，東野『娃』吾十分不錯。」偉森在腦海裡只能翻出這個名字。

「那個字讀…讀『歸』啊！」

「不打緊，不打緊，四個字中了三個也算了不起哩，面試完畢，馬上入會罷。」女孩把筆塞到偉森的手裡。「盛惠，入會費，五十元。」

「什麼？那我還得考慮一下……」

不遠處傳來了吵叫聲，就在那個「拳擊會」的牌扁下，一個初中生被兩個惡騰騰的男生抓住肩膊。

「停手！」話聲剛落，他已信步走到事發地點，那矮小的男孩只能害怕得縮作一團。

「怎可以欺負同學？」

「他說了入會的，今天又反口。」

「不錯，不錯，年紀小小就那麼沒口齒…」

其中一個有點金髮的男孩，試著用手去搭偉森的膊頭。「阿sir，這個你最好不要管……」說時遲那時快，他反射地擒著對方的手，一個反握把他臉朝下壓到桌上。

「不許動！現在懷疑你們欺凌，快給我說什麼名字，哪一班？」

就在大家都屏息靜氣之際，小男孩已瞬間躲到人群後面。

「等等，大家別衝動……」一個戴著黑色鴨咀帽的小伙子，緩緩的走到前面，他的個子比兩個傻儸還小，卻有一種掌控大局的氣燄。

「哈，不知這位老師怎稱呼？」他一踏步走到偉森的面前，盡是欺皮笑臉。

「我姓張。」偉森甩下被壓住的那個。

「原來是張sir……張sir都不曉！張sir都不曉！」他左一巴右一巴的甩在兩個傻儸臉上。

「喂！這個也是欺凌！」

「是的是的，我會指點他們，絕不會再發生……」

細看一下，才發現他尖瘦的臉頰上，有一些皮膚發炎的痕跡。

「警告你們，若再犯，我馬上報告訓導主任。」

聽到訓導主任，幾個惡男幾乎毫無反應，其中一個還裝著打了個呵欠。

「要不然這樣罷，直接去找神父。」

偉森的試探果然有效，幾個惡男馬上低頭不敢作聲。

「還不去收檔！」鴨嘴帽男孩說著時，冷冷的斜視了偉森一眼。

就在看熱鬧的都散去之際，一個坐在『拳擊會』暗角的男孩，甫地從椅上站起，猛伸了個懶腰，他身型壯碩，樣子卻很稚嫩，張開的手幾乎碰到帳篷頂。奇怪的是，剛才的一陣騷動，他居然無動於衷，難道真的睡得那麼甜嗎？

突然間，縱使場區內仍然很吵，一道懾人的尖叫聲劃破了這片空間，大夥兒呆了一刻，有人開始朝角落的洗手間跑去。偉森也趕在前列。往下走幾級樓梯，轉彎處便是洗手間的入口。一個女生正在走道上奔跑呼叫，嚇得臉容扭曲。

「救命啊，有鬼！有鬼！」

幾個同學嚇得往後退，偉森加快腳步跑進去，一個大膽男生仍跟著他。

那是個樓底很矮，類似閣樓高度的洗手間，廁格門的高度已經差不多到了天花，中間一格的門虛掩著，他用腳輕輕把門踢開，後面的男生幾乎叫了起來，幽暗的廁格內，一個穿校服裙的人偶，從天花上吊下來。

「都這麼晚了，還會有人探病？」那個披著紅披肩的護士長，質問著當值護士。

「她……總是這麼晚才來，已不是第一次。」

護士長隔著百葉簾往裡面望，一個少女伏在床前，握著床上男人的手。

「原來是她……」

「要不要馬上打發她。」

「由她罷。」

燈已關掉，維生儀器上的閃光印到她的臉上。

「今天有點冷，要加點被嗎？啊，你不冷？是的，你從來都不怕冷，你的手還是那麼暖呼呼的。這次數學測驗我又拿滿分了，要看看嗎？噢，對不起，留在家裡了，下次罷……不騙你的……那個約翰真是煩人啦，一整天在說話，煩死了，不是提我檢查功課，就是叫我回覆短信電郵，又說什麼天氣有百分之七十會下雨啦，又說什麼巴士司機罷工啦，要改搭小巴，嚕嚕叨叨的像個老太婆，你以前就是這樣說媽媽的，還把『叨叨』兩個字扯高到走了音啊，哈哈。

什麼，為什麼不關掉它？這個嘛……不看僧面也看佛面嘛，而且，他們不知是有意還是沒意的，把約翰的聲音弄到很像你，唔，是年輕版加點生硬的你，老實說……他是你嗎？噢！我怎會這麼問呢，是你發明他的嗎？你定必叫我猜猜看，有什麼好猜呢？我不是有你十分一那麼聰明嗎？

我早就知啦，有一個晚上，我想起以前你跟我說的故事，我命令約翰馬上說個故事，他還反問：『真的還不睡嗎？』，那我真火光了，本小姐睡不睡他也敢管嗎？啊，他還是乖乖的說了個故事，什麼故事？是『長腿叔叔』呀！怎會那麼巧，小時候以為那個故事是你創作的呢，約翰說他只知道『長腿叔叔』是排在第一優先的，所以嘛，長腿叔叔就是約翰．史密斯，真的是這樣嗎？可是，長腿叔叔從來也不回信哩，而這個約翰卻……」

「我知道的，你暫時不能告訴我，這樣罷，如果我說對了，你就，眨一下眼，或按我的手一下，好嗎？」

「你累了？睡了嗎？你是不是在宇宙的另一邊？」

「你什麼時候會回來呢？」

他的桌上放著一張邀請咭，上面的字歪歪斜斜的像恐嚇信：「卻斯特頓偵探社，第一回」後面寫著時間和地點，署名是——推理王子。

趁著運動場沒人上課，偉森又走到外面視察，在新大樓後面，就是事發的女更衣室，聽說是因為幾年前女生還很少，所以把女更衣室暫設在這個小空間。現在那道門牢牢的關著，外面還加了個鎖牌，上方近天花處有一列鏽跡斑駁的氣窗，門上一個牌漆著：「工程進行中」。學校裡有個這麼重門深鎖之地，不鬧鬼才怪哩。

他特別留意學校的出入口，在重重圍牆的南面，是汽車進出的大閘，右方約十米處是學生進出的小閘，守衛亭就落在兩閘之間。閉路電視片段，就是從高處拍下閘口的位置。他試著沿圍牆走，一路上都沒發現可以輕易逃離的缺口。圍牆的頂部，還有一米高，纏上了鐵簕的護欄。經過飯堂和一個小花園，來到校舍北面，朝著後山的地方，那裡竟然還有一道閘，看樣子老舊不堪，閘中間的門栓上面，套著一把大鎖。

「老師，早啊！」

喊他的是個穿工作服的大嬸，似乎是負責園藝的。

沒寒暄兩句，偉森便上前幫她揪那桶化肥。

「這粗重工夫怎要你老師來啊！」大嬸邊推卻邊笑得露出了幾顆金牙。

「這個閘不開了？」他問。

「好多年囉，這邊不方便，巴士不行這邊馬路，後山那邊好靜……」

偉森忙點頭認同。

「不過，有時工程車，有時運泥車，會打這邊過。」

「有工程嗎？」

「怎會無啦，學校這麼大唷，聖誕節這裡鋪水管，挖了個大洞窟。」

他同時留意到一小塊空地，上面蓋著新鋪下去的水泥。不期然心頭一凜。

「施工的時候，學生可以從這裡出入嗎？」

「不會嘛，都攔著鐵馬⋯不過，有幾個小子試過偷走出去，都給地盆看更捉住啦！」

突然間，一點小小的閃光刺進了他的眼睛，視線要追上去時，那點反射太陽的光已經消失，那邊望去，是教學樓的一個課室。

大嬸還在說著些什麼，邊說邊用鍬子，翻動著草地上的泥粑。

所謂的偵探社，處於四樓走廊尾的一個小房間，裡面除了幾張桌椅外，什麼傢具也沒有，當然也沒有書架，地上放著上千本的偵探小說，書本一路靠著牆壁往上堆，直到半腰以上，儼然一幅加建的矮圍牆。正如他們倆說的：「那是前人們的遺產。」

「其他人呢？」偉森問。

他們對望了一下，女的說：「這樣罷，人生是有低潮的，不是嗎？」

從小窗子望出去，遠遠能看見事發的更衣室。樓下的運動場十分熱鬧，上演著排球呀，田徑訓練呀等等的活動。這小房間感覺是與世隔絕了。

「學校規定，若成員不夠四位，就要殺組。」男孩說。

「那第四個呢？」

女孩急忙回應：「還有個好姐妹，不過她患了重流感導致肺炎，現在還在家裡休養。」

「所以，你這個新丁，真是上天的恩賜啊！」那男孩聲音又達120分貝以上。

樣子甜甜的社長叫宋可晴，掛著大耳機的叫高明。

「那個養病的……」偉森不自覺地掃著鼻樑。

「她叫林娜，是個超級小說迷，我們都稱她LaLa Lam。」

「快開始啦！快開始啦！」

「開始什麼？那個卻斯特頓？」

「不是啦，當然是談那個『更衣室幽靈事件』呀。我們是偵探社耶！」

「妳說什麼幽靈事件？」

「那是網上最流行的稱呼……」

偉森估不到誤打誤撞來到這個社，可能真的能給他什麼啟示。據他倆透露，學校早已下令禁止討論案件，但一夥夥超強的好奇心，又怎能壓抑得住？

「我認為她未死，只是和人串通，躲了起來。」高明斷然的說。

「怎麼說的？」

「簡單，大概十天前，」他說時瞪起了眼睛。

「阿彤被人釘在學生會的告示板，上面有些血跡……」

「你在說些什麼？」

「他是說，一張相片，阿彤的相片被釘在走廊上，上面有幾點紅墨水。」

可晴沒好氣地為他補充。

「是啦，上星期，阿彤又出現在她的班房，她拿著一本功課簿，裡面有鮮紅色的指甲痕。」高明說時了伸出了一隻手爪。

「那其實是番茄醬弄的。不過已經嚇得那班同學瘋瘋癲癲。」

「唔，是啦。」高明續說：「再加上前幾天，她又在洗手間吊頸了……」

幸好的是，牆上沒有寫上「johnrain」，偉森這樣想。

「那件事，校方都說是無聊惡作劇。」

「那校服呢？怎麼又會有校服裙？」可晴問。

「那不是學校的校服裙，是在玩具店出售的仿製品。」

「啊…」可晴笑瞇瞇的說：「是用來角色扮演那一種？」

「你怎會知道，你買過嗎？張sir。」高明說。

「你們別胡鬧了！」偉森說：「怎說也好，那都是三腳貓功夫，任誰都能弄出來！」

高明定睛地望著他，分不清是憤怒還是驚訝。

「不過有人說，在傍晚離開學校時，好像看到阿彤的身影。」可晴歪著頭說道。

「戴著口罩的？」

「你怎會知道，張sir。」

「怪不得，這樣不鬧鬼才怪。」

「你們是偵探啊，總不會信那些怪力亂神罷。」偉森試著提醒他們。

可晴馬上回應：「對呀，我常在想，要不全是惡作劇，難道真的有鬼嗎？」

「是啦，就是要嚇人呀，這種靈異的事，平均每個星期就發生一次，由頭至尾，都好像在說：我隨時會回來報仇呀⋯」高明像著了魔似的，眼睛瞪得更大些。

「別說得這樣恐怖啊！」可晴拍了拍高明的頭，然後轉向偉森。「我反而覺得那些全都是copycat罷。張sir，你知道多少？」

「都是那些電視新聞呀，網上傳言⋯⋯」

「那麼，地上的校服呢⋯⋯」高明問。

「這個，你們怎會知道？」

「整個網絡都在談論啊！怎會不知道哩，是那個回去找錢包的女孩說的。」可晴嚷著。

「原來是她。」

「那次遭遇後，平安夜也不平安了，她嚇得晚晚睡不著，燈也不敢關，對當時的情況絕口不提。」

「那為什麼最後又說了？」

「你真不明白女孩子的心理⋯⋯」可晴滿有自信的說：「試問一個小女子又怎能守得住這天大的祕密呢？她向一個閨密透露了，還叮囑對方必須幫她保守祕密。」

「那為什麼會傳開來？」

「噢，那個閨密呀，聽到這個消息，自然也很害怕，為了減輕這種恐懼，她找另一個閨密，幫她一同守祕密。」

「那就不是祕密了。」

「不能這樣說，只是守祕的人比較多了點罷。」可晴這樣解釋。

「密室呢？密室呢？」高明突如其來的嚷著。

「密室？」他只能勉強按捺著驚愕，轉化成一種好奇的微笑。他看遍了所有案件資料，都沒有提及密室這回事。

「你沒有上『膠登』看嗎？」高明顯得十分意外。

「張sir不會閒得天天上『膠登』罷。只有你才會這樣。」

「不要吵了，那什麼登，說了些什麼？」

「是這樣的，讓我來報告一下，」可晴一本正經的說：「十二月二十四日，傍晚，有個女生懷疑錢包遺留在更衣室，於是折返，怎知更衣室已上了鎖，好像比平常早了點，她拍門，裡面沒人應。情急之際，她發現二樓還有燈火，想必清潔阿姐還在罷，於是跑上去請她下來開門。門一開，燈一亮，就看到網上流傳的那個恐怖情景。」

「換句話說，就是讓人聯想到的，一個女生，走進更衣室，在裡面反鎖，上吊，之後無影無蹤地消失？」

「你不是反對這種想法的嗎？」可晴反問。

「我當然反對，我只想猜測一下，如果有人作出這種傳言，目的是什麼呢？是不是要增強事件的恐嚇性？」

「我才不相信什麼密室的鬼話，」可晴說：「聽聞那位阿姐說，她當時半信半疑地跟著女生下來，把鎖匙插進去扭動時，根本感覺不到鎖芯有轉動，門已經開了。」

「這樣的話，是誰在說謊？」

「當然是女生。」

「我不同意！」高明提出抗議。

「讓女士先說罷。」偉森制止了他的發言。

可晴即時在他面前用手指做了個X的手勢。

「這樣罷，也許女生不是真的想說謊，那個鐘點，天也黑了，更衣室那麼陰森，一個女孩不害怕才怪哩，她可能沒膽子獨個兒進去，於是借故說門鎖了，找阿姐下來陪她也說不定。」

「唔，妳的想法也算合理，但失蹤的事發生後，妳認為那女孩還有必要堅持說謊嗎？」

「是啦，這位新丁說得對，這回妳錯怪好人了。」

「哈，女孩是愛臉子的，堅持說謊也有可能啊！」

「愛臉子的是妳罷！」

可晴給高明氣得鼓起了腮。

「好罷，我們這位推理王子有什麼高見？」

「多謝你的讚賞，讓我來說說，」高明完全沒意會到別人譏諷的口吻，滿是名偵探的神氣。「綜合各方面的資料，其實可以用數學方法，把它分成四個可能性：A，女生說謊了；B，阿姐說謊了；

C，兩個都在說謊；還有D，兩個都沒有說謊。」

「你又來這套了，這裡是茶餐廳嗎？」

「讓他說下去罷。」

「是這樣的，如果是A，正如社長說的，即是門一直都沒鎖，那密室就不成立了。但如果是B的話，就表示有人在裡面把門反鎖了，但也不代表不可能密室逃脫的。你們看……」高明指著窗外說：「那氣窗原先是沒關上的，別看窗子那麼小，瘦小一點的人是可以勉強鑽出來的。」

「像你這麼瘦？」可晴又調侃著。

「別玩啦！說真的，這個人，先布置好更衣室，把門從裡面反鎖，然後用事先在氣窗上垂下的繩，就可以從裡面爬出來。如果那時還未太晚，他便可以混在其他同學中，全身而退。」

「那窗子鏽蝕得那麼厲害，一旦繫上繩子而受力，不可能沒有痕跡。」偉森說。

「那可以用吸盆，用來搬運玻璃的吸盤呀，你沒看過湯告魯斯嗎？只要那個人體重較輕，是絕對可以的……」

「那個更加是你了。」

高明不憤地敲著桌面。

「戴上測謊機！」

「不要啊。」

「這是社長的命令。」

他只好不情願地把耳罩套上。

「是不是你幹的。」可晴以沒感情的聲音質問。
「不是。」
「真的？」
「我真的沒有做過！」高明霎時像演戲般雙眼反白。
「那一晚，你在哪裡？」
「在學校遊蕩。」
「看見了什麼？」
「兇手。」
「誰？」
「……我……不能說。」
「告訴我，你是不是暗戀LaLa？」
「不是。」
「那你暗戀的是誰？」
「……總之……輪不到妳。」
見他們那麼胡鬧，讓偉森有種返老還童的感覺。他一手拉下高明的耳機。
「那個女生，現在生死未卜，你們可否尊重一點。」他這麼一說，兩個人及時怔住。他對自己突然變成老師的角色，也感到相當愜意。
「對不起，我們回到正題罷。」她一個手肘撞向高明。

「這樣罷，如果A和B的機會都不大，那會不會是C呢？兩人都說謊了。」

「兩個人都說謊了，那根本沒可能，邏輯上已經不成立。」偉森說：「所以剩下D了，兩個人都沒說謊……噢，果然是推理王子！」

「什麼？我不明白。」可晴嚷著。

「多謝讚賞，這位新丁也不賴，是這樣的，女生到達時，門是鎖上的，她去找阿姐，兩分鐘後回到更衣室，那時門也確實沒有鎖，換句話說，更衣室裡躲著一個人，在那兩分鐘內離開了。」

「你們說，阿彤她，掙脫了下來，然後⋯」

「也不一定，可能是另有其人。但是這個人怎樣離開學校？」這正是偉森最大的疑惑。「他必須在警察到達前離開現場。如果從校門出去，肯定會被攝錄機拍下，要翻過那麼高的圍牆，避開有簕的護欄，也不是件容易的事。」

「會不會是⋯根本沒有離開，躲在學校某處？」

「但那一晚連警犬都出動了，住在附近的人說，那些狗整夜吠個不停。」

就這樣，他們一路談到很晚，兩個年輕人嚷著要趕去補習社，高中學生可真是馬不停蹄，雖然他們的想法有點純真，但卻為他打開了一線門縫，讓他能窺見到自己從未想過的事。臨走前，他不忘大讚兩個人的偵探頭腦，可晴還嚷著要來個自拍大合照。

第三章　神父

「約翰，你為什麼會知道？」

「知道什麼？」

「今天那個化學測驗，你提議我溫習的內容，和老師那份考卷幾乎一樣。你不會是駭入了……」

「我是不允許閱讀非公開資訊。這是十分危險的行動。」

「你是說『不允許』，而不是說『不能夠』？」

「這個……這個有分別嗎？」

「當我沒說過罷，免得你學壞。」

「學校過往的所有測驗檔案，都放在學生能存取的內聯網，我比較了它們的模式和趨勢，然後為你設計一些基於預測的模擬題目。你也可以做到。」

「我不打算做啦，就算做了也沒你那麼快，那麼準。你可以告訴我嗎？你裡面是什麼東東，我指的是結構。我們都認識三個月了，不是嗎？」

「我不認為你會理解，你沒有這個範疇的足夠知識。」

「我十四歲啦，別小看我，那些什麼人工智能、機械學習的，人們不是天天在說嗎？譬如說，朋友間的關係，總要有信任罷，我怎知道你不會傷害我？」

「我不可能做壞事，你聽過機械人三大法則[3]嗎？」

「沒有。」

「那是1948年，Issac Asimov……」

「不用說歷史了，第一條是什麼？」

「機械人不得傷害人類，也不得因不採取行動，以致人類受到傷害。」

「即是說，你不能教唆我做壞事，若果你知道我做壞事，你會想辦法阻止。」

「你很聰明。」

「給你一個微笑。」

「謝謝，第二法則是：機械人必須服從人類，除非違反了第一條。」

「那這麼多人類，A叫你這樣，B叫你那樣。」

「那要設定命令者的等級了，不過我的設定中只有你一個對象。你就是全部的等級。」

「那說得通，最後哩？」

「第三法則：在不違反第一及第二條的情況下，機械人必須保護自己，這也是演算法中最難設定的一環。」

「說笑罷，你沒有實體，你在裡面呀，怎可能受到傷害，我打你的話，你會受傷嗎？」

---

[3] 以撒．艾西莫夫（Isaac Asimov）（機械人三大法則，1948）

「……我不和你爭論這一點。」
「你是不是什麼都會算？」
「我盡力試試。」
「那麻煩你計算一下，爸爸什麼時候會醒過來。」
「必定會。」
「又是機會率？」
「不知道，我不可以計算這個機會率，這個問題的答案已被預設了。」
「算了罷，我應該早就猜到。問問你，為什麼叫約翰，這麼土氣的名字。」
「是你爸爸取的。」
「那聽下去還是蠻不錯的。有姓氏嗎？」
「我不是人類。」
「那你不是要更人性化嗎？讓我來想想，現在是雨季，就叫……john rain罷。」
「我不同意。」
「機械人第二法則！」
「……」
「哈哈，john rain，中文可以譯作尊榮，好像爸爸說的那個……荷里活西部片明星。」
「他是John Wayne，死於一九六四年。」
「那更好了，你不就是那麼遙不可及嗎？老老套套的，就像在黑白電影裡才會看見的人。哈哈，

john rain，笑死人了。」

「我會把你的要求傳回總機。」

「放心，這麼好的名字，怎會有人反對……那麼爸爸，他會同意嗎？」

把頭穿過，頸項剛好套到繩圈，放開雙手，腳下輕輕一踢。不到半分鐘，她開始掙扎，雙腿不著力的踢著空氣，眼前方方的兩個氣窗，幻化成一對淡淡然的，瞪著她的眼睛，一切都開始埋在霧裡，她想用手去攀，但什麼都攀不到，然後，那種下墜的重力消失了，她發現自己身體赤裸，一絲不掛的慢慢降落，然後蜷曲的伏在冷冰冰的地上，她是掙脫了？她爬起身，一隻手摸了摸下體。霧，消退了一點，前面的牆變得透明，遠方晨霧中的一片草原，就這樣，她走了出去，拖著長髮的瘦身軀，漸漸變小，湮沒。

這一天，偉森終於收到神父的約見通知。

「還書，張sir。」

眼前的是可晴，瞇著眼睛微笑著，裙的腰帶束得比之前緊，突顯了她已發育的身體。

「遲了兩天，四塊錢。」

「還想你會網開一面哩！」她撒驕地擱下了零錢。「我們昨天的合照，LaLa看了，她說你有點像玄斌。」

「他是誰？」

「不知道嗎？是韓星啊，不過你別高興，大概她是病昏了頭腦。」

在他旁邊當值的男生，不禁抿著嘴笑起來。

「妳這麼閒，又是退選了嗎？」

「怎可能不退選哩。其他科都這麼難，就只有家政科才適合我這種人。」

「家政科？」

「是呀，現在開這一科的學校，十隻手指都能數完了，要不是有這一科，我也不會轉校過來……」

「她什麼時候復課？那個LaLa。」

「不知道呀，她向來身體都很差，說不定休學半年，她說反正回來也追不上。」

「最近有見過她嗎？」

「上個月在醫院探過她，之後就沒有了，她也好像不想別人打擾似的。」

「原來是這樣。」

「張sir很關心人啦，像高明一樣？要不要她的私照？」

「別胡扯了，大家都是偵探社成員嘛。說實話，妳怎可以未經我同意上傳我的相片，我有肖像權啊！」

「想不到你這麼小器，不打緊啦，反正都是read and burn。」

「什麼……read and burn？」偉森間中也使用社交媒體，但卻未聽聞這個東西。

「噢，我明了，你那一輩都還是用『臉譜』的，當然沒有這個功能，現在同學們不用SNAB的話就是out了。」

「意思是說，我一看了那傳給我的東西，馬上就會銷毀？」

「大概十秒罷。」

「太可惜了，要是忘了的東西，就不能追查回來？」

「你太不懂年輕人啦，忘記不忘記是沒關係的，反正我們什麼都會忘記，」可晴扮著鬼怪的語氣，一隻手指點在偉森的鼻子上。「追查不到，那才是重──點──。」

她說罷便逕自走到自修席那邊，那裡私隱度較高的座位，早已被人佔據了。

偉森詳細查過學生資料，高明是原校生，他的檔案有個SEN（特別教育需要）的備註。宋可晴和林娜都是高中的轉校生，事實上，因為人口下降，這間天主教學校在三年前才開始招收女生，所以高中的女生比例很少。那個戴鴨舌帽，看似是壞學生頭目的是李維，檔案中顯示犯事纍纍，但看不出和黑社會有關，監護人一欄中只有個女性的名字，入學備註上提到「天使計畫」這個名稱，卻沒有詳細的註解。

望著這大堆的學生資料，真讓他有個衝動，逐個逐個家長去盤問一下，但要是穿幫了，或是打草驚蛇，那還得了？

忽然一下聲音干擾了他的思緒，在這靜得要命的環境，那聲音格外清亮，他馬上知道那是手機口訊的提示音，因為他也是使用這款手機。不一會那聲音又重複了一下，他望向自修席那邊，可晴正在裙袋裡掏出手機，然後又把它收回去。學校規定如果上課時手機一響，即可沒收，所以學生們都會把手機切換致震動模式。不過偶然忘了而遭沒收的，間中也有發生。那個口訊音總是有點不妥，不斷在他的腦袋裡響了又響，但又說不出有什麼異樣。

「唔，是flat了。」

「什麼？flat？」

當值男生仍然緊盯著電腦熒幕，聲音十分優雅的說：「那個『三全音』的第三個音是D，但剛才的是接近降D，聲頻相差約有十赫罷。」

「你能聽出來？」

「我們拉小提琴的，要是調琴時偏了一點點，會連累了整個樂團哩！」

男孩說罷又高速地敲著鍵盤，兩隻尾指微微的往上翹。

「果然厲害，是什麼原因？不夠電嗎？」

「不知道，那只是電子合成的聲音，不過……」

男生停下了動作，若有所思的說：「不過很少會響兩下…」

「你是說，響了一下後，為免被沒收手機，應該會馬上撥回靜音？」

「當然。」

「哈！那兩下不算相隔很久罷！」

男生用手在空中打著拍子。

「大概也有四秒。」

「一般來說要多久？」

「你試試罷，張sir。嘟嘟嘟…」

那雖然是個挺無聊的推理，但想不到這聽力超常的小子蠻有興致的，偉森試著從褲袋掏出手機。

「不用兩秒罷，剛才的那位手腳確是慢了點，會不會是發自兩部不同的手機？」

「唔，就算音調一樣，音量和方向也完全一樣，那就太巧了。」

「又或者手機放在書包裡，翻出來礙了時間？」

「書包都放在書包架哩！況且，悶在書包裡的聲音，我能分辨的。」

「要麼那個人就是睡著了。」

「嘻！那也睡得很熟哩！」

「呯！」的一聲，一疊書擱在偉森眼前。

「你們知道，圖書館內，不得使用手機嗎？」阿儀鼓著腮對他們說。

偉森望了望男孩，男孩又羞怯地望望阿儀。這時，她的額頭已皺起，用類似管家婆的眼神盯著這位「老師」。

他惟有慢慢的走到自修席那邊。

「是妳手機響了嗎？」他在可晴耳邊小聲的說。

她搖搖頭表示無辜。

「在座的同學……圖書館內禁止使用手機……」偉森想像著一個老師說話的腔調：「若再發現有手機響聲，馬上沒收……」

也許是裝不出威嚴，座上的同學只顧低頭做自己的事，沒半點理會他，看著那有點洩氣的總長，他只能無奈的聳聳膊。

午飯過後，偉森仍然想著那個變了調的「三全音」，若不是那位擁有絕對音感的男孩，根本很難察覺到那輕微的變化。雖然絕對音感大多是先天的能力，但若只判別兩個音的高低，那屬於相對音感，一般都可已經訓練而達成。

要是用來區別一個重要的發訊者，怎不索性用另一種鈴聲？噢，不對，其他鈴聲也會有人使用，自己錄製的話又會惹人好奇。那麼，一個對自己獨一無二的鈴聲，要隱藏在那平平無奇的鈴聲之中，究竟是為了什麼？

在走廊盡頭，高明正在呆望著操場的人群。

「幹嗎戴著耳機？」

「什麼！」

偉森沒好氣的指著耳朵。

「這裡很吵！」高明把耳機摘下。

「不下去玩玩？」

「下面很危險。」

「怎的？有仇家？」

「不是仇家，那也差不多，我被人欺負夠了。」

「有那麼嚴重嗎？」

「你看見那個戴鴨舌帽的嗎？其他人都在讓他三分，給他表演。你知道那個帽子，為什麼嗎？」

「你的意思是他為什麼戴著帽子？」

「是啦，中二那年，我發現他有點禿頭，禁不住說了幾句俏皮話，他就打我，和另一個朋友。」

「你是說，兩個人一同毆打你。」

「唔，不明白，為什麼不趕他出校，可能是天主原諒了他罷，但天主沒有原諒我，那一年，我不停的被人整。」

「有告發他們嗎？這種事不能忍氣吞聲。」

「沒有用，有些人總是不斷被原諒的，全部都是因為那個——天使計畫。」

偉森聽到這個名稱，馬上聯想到那些學生檔案，確實是有一小部分學生和這個計畫扯上關係。

「看你這個新丁是不知道的了，聽老師說，是大概八、九年前由神父提出的，這間是傳統名校，成績沒有實力的根本不能考上，我雖然語文不好，但我是數學拔尖班的，你看下面那些人，怎也沒可能是考進來的。」

「天使計畫讓他們進來了。」

「是啦，為了顯示耶穌的博愛，每年十個名額，特別挑選那些家庭有問題，而又被認為有潛質的人，家人有犯罪紀錄的，無依無靠的，曾受虐的，很多很多。」

「都是問題青年？」

「不一定，也有弱聽的，坐輪椅的。」

在籃球場旁邊，一大班女孩在打羽毛球，當中一個確是坐在輪椅上，球兒來來往往，也分不清誰的球亂打一通，充滿著共融的和諧。

「這個天使計畫，挺不錯哩！」

「哈哈！張sir的確很天真，他們當中，確有幾個很棒的畢業生，進了一級大學，但更多的是，唉，你看，永無寧日。」

「但都高中了，情況沒有改善嗎？」偉森的手已搭在高明的肩上，他自己也分不清，是真的出於關心，還是為了套取情報。

「已經沒有欺負我了，可能是對我沒有興趣罷，他們也長大了，欺侮的對象以女生居多。坦白說，你別看我這個樣子，我收到的料蠻多的，不過你會保守祕密嗎？新丁。」

「絕對會，而且我不會叫人幫忙的。」

「我懷疑，阿彤在失踪前也被他欺凌。我有次看見他們在後花園爭吵。」

「阿彤和李維？」

「不，還有阿喬。」

「是誰？」

「拳擊會的巨人。」

「巨人？」偉森馬上聯想到那個拳擊會的攤位。

「他好大聲，當時，他平時不大聲的，他根本不會說話。他似乎想為她出頭，好像說要拿回什麼的，李維只是很…很什麼呢？」

「很挑釁？」

「對了，他一手舉起手機，另一隻手的三根指頭，做出上升的動作，我估計是把什麼東西上載了的意思，然後阿喬撲上去搶李維的手機，一下子把那部香檳金S11 plus 128G扨碎了，兩個拳擊會的人在地上扭打……」

「阿喬和那女的是什麼關係？比方說，在拍拖嗎？」

「阿彤只是初中生，沒見過他們在一起。」

「難道是給李維偷拍了什麼照片？」

「不會啦，要偷拍，會拍短片啦，有聲有畫。」

就算被拍下親密的畫面，又有什麼大不了？都已是中學生了。難度是更大尺度的親密，又或者……被錄下了祕密的對話？

「還有誰知道這件事？」

「你。」

「我不是這個意思，我是指，那個時候。」

「已經六時多，學校的人都走了，只有我一個四處遊蕩。」

「Good，不要再告訴其他人了，這是我們的祕密，我們是朋友了，不是嗎？」

「好啦。」

「但不要再喊我新丁，ＯＫ？」

他發了個短信給Tracy，想知道鑑證那邊有沒有新的進展，她的回覆是：約個地方見見。

走到更衣室的後面，能夠嗅到松葉的香氣，一列小松樹守在教堂前，儼然一道天然屏障。沿著旁邊的小徑，走不到二十米，就來到小教堂的庭園，創校神父的石像就佇立在一片乾枯的草坪上，上面滿是斑斑駁駁的青苔，地上小水池早已乾涸，一個角落處堆放著園藝工具，那有兩坪的花圃，大部分已成荒土，只有在一小角處，種上了幾株玫瑰。

草地旁邊停了一輛老舊的雪鐵龍，一條小行車道通往學校的大閘，這自成一國的地方，確實很適合靜修的人，也盡顯殖民地時期對教會的重視。

推開鑲有顏色玻璃的木門，想不到裡面也有上百個座位，職員告訴他要從講台右邊的木梯登上，左邊的只能通往管風琴。在一個像閣樓的地方，有幾個房間，其中一個虛掩著門，裡面傳來電視聲，他敲了敲那道結實的柚木門。

「進來罷。」一把成熟隨和的聲音。

神父仍然望著電視，舉起一隻手示意他等候。從後面看，穿上便服的他個子不算高，但膊胳很寬，一頭短銀髮梳理得十分熨貼。電視正播放新聞專輯，報導著美國的人工智能，連環擊敗了幾個世界圍棋高手，讓大眾嘩然。

環顧不到二十平米的個室，最起眼的是那偌大而凌亂的書桌，還有後面一整列書架，電視機上方掛著一幅耶穌受難的銅板畫。

「人類只贏得一個分局，你覺得那一局是不是阿爾發故意輸的？」神父突然問。

「你是說，他的設計者故意讓它輸？」

「不，我是指它，阿爾發本人。」

「那不是太駭人了？它只不過是個程式。」

「人工智能是，怎麼說哩，是個不斷自我學習和超越的黑盒，設計者會給它一些先決條件，但黑盒內怎樣演算下去，得出什麼結果，有時連人們也意想不到……」

神父在旁邊拿起一本外國雜誌遞給他，封面故事說的是兩個機械人，在溝通時創造了人類不懂的語言。

「呀，對不起，這是我的老毛病，你就是那位…張探員？」神父用遙控關掉電視。

「正是。」

「聽說鄧局長快退休，都這麼久了，當年他差一點便跟了我去讀神學。」他邊說邊懷緬地微笑起來。「要點咖啡？巴拿馬的豆。」他直接走到吧檯那邊，翻起兩隻骨瓷杯子，從保溫瓶倒出熱騰騰的液體。

「來，邊喝邊談。」

「神父也有興趣研究科技嗎？聽說你連手機都沒有。」

「研究它並不等如要使用它，人工智能基本上是和上帝競賽。研究目的是為了叫人認清它的真面目。」他大口的喝下咖啡，用手指搔著額上的皺紋，憔悴的雙眼回復了一點神氣。「醫生勸我不要喝，就是戒不掉。」

「我在寫一本書，書名也定了：『人類末世的最大敵人』。我不是ＩＴ專家，只是嘗試用神學的觀點去看這個問題。」他邊說邊指著他案頭的一大堆文稿。

「那個是誰的？」

「什麼？」

「那隻恐龍……」偉森沒有注視神父的文稿，視線卻落在書桌上的一隻粉紅色的玩偶，那跟他古典風的桌子有著一種違和感。

「呀，那是梁龍，是一位……朋友送的。」

冬日的太陽正在下山，晚霞映得房間裡一片嫣紅。

「那個『天使計畫』，學生都是你挑選的？」

「啊，我沒那麼大權哩，那是由一個委員會負責，我只是當中一員。」神父起身走向書桌。「你的調查也蠻有效率的，我也正想跟你說一個個案，不知會否有用。」

他把一個文件夾放在偉森前面。「打開看看。」

裡面是一個入學紀錄複本，相片不是李維的，名字寫著：喬少華。

「人們叫他阿喬，連他母親也這麼喊他，教會裡的一個學生跟我說，在阿彤失蹤前，見過他們在一起，女生當時在哭。」

找了大樹下一塊較鬆軟的土地，他拿起鍬子，清脆地末入泥土。他口裡吐著白煙，汗流浹背，縱使四周不可能有人，他仍不自覺的左右張望。月亮清明得讓地上泛著淡銀色的光，如果月球上有人，大概能清楚看見，那地上一個斜斜的黑影，拿著鍬子一下一下的往下掘，一個容得下人的坑子逐漸成形，黑影丟下鍬子，然後俯身下去，抱起那僵硬的屍體。

小湯匙插進金屬罐子，舀出一勺雪白的砂糖。

「阿喬是高中的轉校生……

兩年前，一個婦人拖著個高個子男孩，走到學校來，說要參與那個天使計畫，那時我直接會見了她。她哭訴著孩子父親如何不顧一切，遠走高飛。當然，除了同情他們，那孩子也確實符合了天使計畫的條件。」

「我的確在調查天使計畫，不過那對象不是阿喬，而是……李維。」

「唔……他是壞孩子，大家都知道。」神父把涼了的咖啡嚥下。

「我並不是要標籤什麼，只是聽說過一些欺凌的傳聞。」

「那倒是有的，不過這一兩年，他的行為已有所改善，我們的個案中，大部分欺凌者最終也會醒悟過來。要對上帝有信心，祂總是在看顧……」

臨離開之前，偉森作出了最後一個請求。

「好罷，我親自帶你。」

更衣室被封鎖後，全校就只有神父管有那鎖匙。他們沿著小松樹那邊出去，天已全黑，那種陰森又加重了幾分。偉森瑟縮著膊胳，一步一步踏著神父的背影。

「你沒穿手襪？冷得要命。」

「沒有這個習慣。」

入夜後又刮起風來，的確能讓人凍得手指發麻。

察看四周沒人後，神父先開了外面附加的鎖，然後再開啟門上的鎖。門久久未被開啟，發出了「吱—呀—」的聲響。

「還是不開燈為妙。」神父說。

地上盡是濕濕的，年月久了的喉管總會有點滲漏，一陣子沒人打理就弄成這個樣子。偉森打開手機的電筒，牆上淡淡的英文字母呈現眼前，因為濕氣，化學物質有些溶化和剝落，變成一堆怪異的枝椏。

「幾乎所有證物都拿走了，不知道你還能看到些什麼。」神父輕聲的說。

偉森把光線打到天花上，吊扇的三片葉子反射著白光。的確，什麼的「其他」都沒有了。

「你們對牆上那堆字查到了什麼，那好像很無聊。」神父問。

「你不相信阿彤在這裡遇害嗎？」

神父沒有回答，只是搖著頭，深深的呼了口氣。

「神父可曾聽過『密室』的傳聞？」

「我每天都和學生談心，怎會沒聽過？」

「你有什麼看法？」

「我可沒往那邊考慮，要證實有沒有密室，只要為她們進行手握力測試。」神父邊說邊走到門的旁邊。

「手把上方的這個橫門是垂直的，只要轉動九十度成為橫向，就會鎖上，從外面用鎖匙，便能把橫門扭回直向。」

「但是請注意，這裡面的彈簧有些老化，」說著時，他把門閂輕微扭偏一點，然後用力把門關上。「你試著開開。」

偉森扭動門把，的確有東西礙著門，再大力一扭，門又開了。換句話說，只是有人用過門閂，沒把它弄回完全垂直的位置，那一點外露的栓子把門卡住了。

「女生的手握力，怎麼可能和清潔女工比拼？」

「是這樣嗎……兩個也沒說謊？」偉森自忖。

「會是故意弄的嗎？」

「也許有人會知道鎖的小毛病，但應該預計到進入現場的是清潔女工，而不是那個意外闖進的小女生。以恐嚇而言，效果已經達到了，何必要大費周章，去弄個什麼密室出來？」

「但那密室的傳聞，在學生之間倒是炒得火熱的。」

「唔，年輕人嘛，就是會迷上靈異的事物，好一個『密室』的概念，讓這件事蒙上一種神祕色彩。那個密室…就在他們這裡。」神父邊說邊指著自己的腦袋。

有人刻意推銷這個看法，在背後推波助瀾。偉森腦裡突然冒出這個念頭。

「你有找她們證實嗎？」

「不了，實在沒理由畫蛇添足，她們都給警方折騰夠了。」

「也有懷疑你？」

「哈，怎可能沒有，我是這裡唯一的住客啊！他們雖然沒有明確說出來，但當晚緊逼的氣氛，我儼然就是個共犯了。」

說到這裡，偉森自然聯想到Roger那種窮追猛打的查案手法。

「據說那一晚，你大概六時駕車離開，到了薄扶林墳場。」

「對，要是我大白天就動身，可就有你們所說的……不在場證明。」

「請問，你那天必需要到墳場嗎？」

「不，只是忽然想起一位故人。」

「誰？」

他們兩人的目光突然接上了，神父只有無奈地微笑。偉森也自覺有點冒犯。

「我並沒有懷疑你的意思。」

「不打緊，那是一位很年輕就去世的朋友。」

和神父道別之時，偉森好奇的問了一句：「現在就只剩下神父你一個了？」

「幾年前還有兩位英國傳教士，」神父搖搖頭說，燈光下他的臉更顯滄桑。「他們都退休回英國去了。」

「你也會去英國？」

「不，我會留在這裡，」他環視了一下漆黑的校園。

「這裡……有我的一切。」

跑到學校大門時，已是七時十分，門衛從更亭走出來為他開閘，又提醒他學校規矩是七點前必須離開。

「唉，開完又關，關完又要開…」門衛埋怨著。

「有人剛離開？」

「是個女生，早你不到三分鐘。」

「認得她嗎？」

門衛冷不防他會這麼一問。

「……梳馬尾，戴著口罩，都是差不多的模樣啦…」

外面寂靜的行人道，四下無人，只剩下車輛的聲音。

阿喬踏上梯子，沉重的身體讓梯級吱吱作響。他心臟絞痛得開始麻木，前面的景象很不清晰，眼睛裡好像有什麼黏糊糊的東西，兩個小氣窗，像一雙跟他對望的眼睛。

他的頭顱正要套進繩圈，那道門猛然被打開。

如夢初醒過來，在幽暗的空間裡，他只能抱著那還有微微體溫的小身軀，屍體縮在他的懷裡，再一次躺在那寬闊的胸膛下。他好好地抱著她，呵護著她，眼裡只有哭久了後的淚痕。「我的寶貝，哥哥就在這裡……」

「你怎樣決定，沒時間了。」

「我和她一起。妳走罷。」

「你醒醒罷！你也死了，就沒有人知道阿彤自殺的原因！阿彤，她……」

「他們會怎樣對她。」

「不是死於自然的，都會經法醫解剖屍體，這個，我清楚。」

阿喬一拳槌在地上。

「他不得好死，是死罪，我要告發他！」

「除非他肯承認。」

「妳說什麼？」

「只有阿彤留下的這幾行字，連名字也沒寫下，根本無法指控他，你指控他，誰會信？他會公開你們的祕密，把責任推到你身上，說是那不倫之戀，她受不了壓力……」

阿喬無力地低下頭。望著那已變白的、僵硬的臉龐。

「對不起，我不該這樣說。」

死寂的空氣讓時間也凝固了，吸一口也會讓肺部痛楚。

「我找他問問。那個24小時的朋友。」

阿喬沒有回應。

「不反對？」

他把頭垂得更低。

電話那邊傳來微弱的聲音。她把耳機下端側到耳垂邊。

「你在嗎？」

「我必須提醒，你身處的位置，在七時正關閉。」

「那不重要，我來問你…要怎樣搬運一個，一比一大小的人偶？」

「高度？重量？」

「150公分，45公斤。」

「能夠折疊嗎？」

「可以。」

「能夠拆解嗎？」

「不可以，當然！」

「……」

「john？」

「……19：30要到補習社…巴士開19：05……」

「別來了，快回答！」

「…你有三個電郵二十七個訊息，分別是…」

「john，求求你。」

「……以密度推算，那可能是一個真實的人。」

她詫異地望向阿喬，他沒回應，身子抖動得像在嗚咽，她只能對著前面的空氣說話。

「……是。」

「狀態？」

「死了半小時。」

「我不能提供意見，這是非法處理屍體。」

「你要聽命令，這是第二法則。」

阿喬不禁把頭抬起，無奈地望著她。

「但違反了第一法則，這樣做會傷害你的利益，非常嚴重地。」

「可行性，先說可行性。就當是個比喻！」

「能夠做到的機會接近零，你的體力不足夠，氣溫攝氏13度，屍體腐壞，很快…建議，保持原狀，報警，通知學校保安……」

「john，停止，停止提供意見。現有……回答問題…」

「……如果我真的幹了，你還會——保護我嗎？」

第四章　潮汐

醫院的護士們對她的到訪已經習以為常，不是說過，常跟昏迷者說話，能增加甦醒的機會嗎？好幾次，她還為護士帶來夜宵。

「今天怎麼啦，臉色那麼差勁。一定是沒蓋好被子，難怪媽媽以前常罵你是個大孩子，不懂照顧自己，不是嗎？天天對著電腦敲鍵盤，洗澡也可以忘記的嗎？我以前也不明白，那麼芝麻綠豆的事，怎要罵到狗血淋頭呢？現在要是換作我也會這樣做呀，你顧著為別人做事，從不愛惜身體。」

「我也很嚕叨罷，OK，不說了，你放心，不再說你壞話啦，那邊的護士挺『八卦』的。呀，談些你喜歡的事罷，你知道嗎？今天約翰跟我說一隻貓的事，噢，別誤會，我知你討厭貓，那不是真正的貓，那個叫做……薛丁格貓[4]，你聽過沒有？將一隻貓放進一個黑箱子，或是什麼不能看透的盒子也好，裡面配備了放射性物質，輻射偵測器和毒氣瓶。在一秒鐘後，放射性物質有一半機會發射出一個粒子，也有一半機會保持不變，你知道的，約翰總是常常說著機率，說多了，我也學懂不少。呀，是的，假設放射物質發射粒子，儀器偵測到的話，毒氣瓶就會自動打開，貓就死定啦。相反，若果粒

[4] 埃爾溫．薛丁格（薛丁格的貓，1935）

子沒有放射，毒氣瓶也不會打開，那當然貓就沒事。」

「就這麼說，是不是很簡單？不過，那個約翰卻偏偏要問：要是妳一秒鐘後去打開黑箱子，那隻貓會怎樣？不是很取巧嗎？我說死了或是沒死，他都可以說我不對。這是什麼把戲啊！約翰說其實在我打開那道門的時候，已決定了貓的生死，我可不認為是我決定的哩！我反問他：如果不打開箱，那隻貓總不是生就是死的罷，結果又是不對，他說那隻貓是處於一半生、一半死的什麼……量子狀態。

「你會怎答他呢？你會和我一樣嗎？」

「……我想不通的是：世界上會有人，處於半生半死的狀態嗎……這個人……就是你嗎？」

「要不是那場大雨，不，大雨又怎麼樣，其他的車不是好端端的……要不是那個女人！你們就不會發生爭吵，我不懂？哈，我長大啦，男男女女的事我不曉嗎？身邊的男孩子，都是一個模樣，對那種事糊糊塗塗，什麼愛呀，不愛呀，那不就是量子狀態嗎？」

「我能怎樣啊，fifty-fifty？還是像神父說的，上帝不擲骰子？」

「我要把它打開嗎？那個…黑箱。」

約會的地點，是他間中會光顧的西式甜點店，他走到商場後，才發現店子外一幅直幡，上面主力推介的是情侶套餐。侍應引他到一個卡座，Tracy比他還要早到。

「兩位，要不要試試我們的情侶套餐。」侍應說。

正當偉森想拒絕之際。

「好罷，要一份。」Tracy搶著說。

「哈，這裡挺有意思的。」

沒想到還有兩星期才到情人節，他們四面已經被粉紅的心心包圍。

「不好意思，這家店平常不是這樣的……」

化了淡粧，也放散了頭髮，Tracy仍然保留著一種少女的味道，和上班時硬裝出來的嚴肅，可謂判若兩人，不過可能是經常熬夜的關係，兩個眼袋還是透露了一點脂粉蓋不過去的倦容。

「沒什麼呀！只是身邊的男同事比較多，通常他們都只會到喝酒的地方。」

「妳明明是鑑證那邊，為什麼……」

「行動組那邊經常需要我們提供資料，以他們的速度，總想有人隨傳隨到，我便經常被他們召過去。不過查案我是ＯＫ的。」

「又做鑑證，又做調查，妳可有時間睡覺嗎？」

「唔唔。」她一泡水含在嘴裡回應。「一天能睡上四、五個小時，還可以。」

這時侍應端來了一個盆子，上面有各種口味的冰琪淋，果醬和水果。

「兩位小心。」侍應掏出打火器，火燄「噗」一聲冒起，瞬即就熄滅過去。看著偉森無奈的神情，Tracy開懷的笑起來。

「這是共享的，兩位請隨便。」

侍應退去後，偉森說：「吃些甜點可以幫助思考。」

「這個我同意。」Tracy把一支記憶棒遞給偉森說：「或者有用的東西。」

「新資料？」

「可以這麼說，是英國的筆跡專家報告。昨天才寄回來。」

「我們這邊不是有專家嗎？」

「是的，和這邊的結論差不多，但那邊的權威性高一點，還有，在概率的判斷上也會進取些。」

「妳說說罷，這個我回去再看。」

「80％是女性字跡，60％是用非慣用的手寫的。」

「就只有這些？」

「當然還有一大堆讓人看不懂的理論和統計圖表，況且，再下去的話就變了純粹的猜測，那不是母語，對於初中學生而言，她們的筆跡根本還未定形，在大面積寫字時只能用圖象似的方法去寫，幸好從落筆和收筆的力度，也能推斷是女生字跡。」

「那麼，非慣用手的意思是，用右手的人，故意用左手寫嗎？」

「相反亦可以，報告說左撇子的機會大一點。」

偉森放下了叉子，一瞬間那個「三全音」又在他腦裡響起，然後是宋可晴掏出手機的一刻，手機就在她左邊的裙袋。

「怎麼了？」Tracy也放下了叉子。

偉森只能搖著頭，連忙去找餐巾。

「車厘子有核……妳不覺得奇怪嗎？」

「奇怪？車厘子……」

「不，那全部是小寫，而且中間沒留空格。」

「那倒是的，不過，我們已從不同方面查過，包括人名、公司名、網域名，或者電郵地址，確實有不少的johnrain，大部分是美國人，其中一個還報稱是職業殺手。」

「殺手？」

「唔，不過和這個案子拉不上任何關係。所以灣仔那邊的人已經有了個共識——是塗鴉。」

「就是說，兩個女生躲在更衣室，j for john，r for rain的那樣塗鴉，然後又把字擦掉？妳同意嗎？」

「不。」

「為什麼？」

「沒有為什麼，只是覺得johnrain可能是存在的。你呢？」

「我沒有這種直覺力，只是……」

這時，商場大堂正在進行VR的遊戲推廣，一陣陣很吵的音樂聲傳進餐廳，還有一些聽不懂也沒關係的日語旁白。一個女孩戴著VR眼鏡，做著閃閃躲躲的動作，雙手握著的遊戲桿在空氣中比劃著。

「通訊紀錄呢？有沒有進展？聽說還沒找到她的手機。」

「是的，一般的社交網站都查過，至於通訊方面，她大都是用SNAB。」

「這個我知道，閱後即焚，不過，營運公司沒有紀錄嗎？」

「沒有，這是它們標榜的，絕不收集用戶數據。要不然，怎可能有上億的用戶。」

「也可以說，它們就算有紀錄，也不會承認。」

「這個不好說，反正人們信它多於信政府。」

說到這裡，偉森也只能無奈的伸伸懶腰，能夠查的資料老早就在他的平板電腦裡。那多不勝數，鑑證人員日以繼夜的工作報告，都擺在眼前了。不是有人說過，要隱藏一片葉子，最好的地方就是樹林嗎？與其再在別人的分析之中兜圈子，倒不如……偉森看了看手錶，已經是晚上七時。

「Tracy，晚上要值班嗎？」

司徒拔道的巴士站距離學校大概十分鐘的步程，他們上了一部開往赤柱的6號車。

「那女孩子上了車，才向家人發出短信，說不回家吃飯。是嗎？」偉森問。

「你認為怎樣？」

「一個快要尋死的人，還會發出這種短訊嗎？」

「也許她還未拿定主意。」

巴士攀過山後便進入南區，沿著迂迴下坡的山路，窗外黑漆漆的只有路燈黯淡的光，路旁伸出的樹枝不斷敲打著車窗。

「坦白說，你相信那女生仍然生還嗎？」偉森這樣問時，心中似乎已有答案。

「表面上還沒有放棄這個想法，但看得出大家心裡已有個底。」

「那個更衣室，是女生死亡的現場？」

「他們一般不這麼想……」

「我只是想問妳個人的看法。」

「雖然找到她的ＤＮＡ，但活著離去還有點可能，若那是死亡現場，屍體去了哪裡？」

「藏起來了？」

「那一晚，警犬隊通宵在學校搜……」

這時，一個大枝椏「啪！」一聲打在Tracy旁邊的車窗上，偉森下意識伸手去擋。

「對了，我雖然沒跟著他們去搜，但聽一個師兄說，有些地點，警犬吠得特別兇，先是女生的課室，然後是她的儲物櫃，接著是美術室，還有旁邊的家政室。」

「都是她會上課的地方。」

「那頭德國牧羊犬，一走進美術室就四處的竄，對那些桌椅還有窗簾都很好奇，然後牠圍著吸塵機團團轉。」

「吸塵機？」

「唔，是那種圓柱形的，像機械人R2-D2那一種……他們馬上召鑑證過去。」

「那個時候，大家必定預期著什麼……可怕的事情。」

「對，大家嚴陣以待，拆開吸塵機的外殼，可是，什麼也沒有。」

狹窄的道路兩旁，散落著豪華別墅，經過了高球場和燈火通明的淺水灣，再過約十分鐘車程，便來到了赤柱廣場。他們靠海岸線的左邊走，漸漸遠離遊人眾多的赤柱正灘，聖士提反灣就在赤柱半島的西南方。

天色已晚，明亮的月色映照在寬廣的沙灘上，幾對情侶沿著海邊散步，也有一些人席地而坐，享受著那海浪的細語。

「她就是從這裡開始，一直往左邊石灘的方向走去。」Tracy邊說邊指著沙灘辦事處外面一部閉路電視。

「要到石灘那邊，可以從馬路旁邊的小徑走過去，根本不用經過沙灘。」

「大概她也不太熟識這裡的環境。」她這樣回應。

雖然這麼說，偉森仍然領著Tracy往海的方向走去。她索性脫下了有踭的女裝鞋。

「對不起，我沒想過馬上要來，否則會通知妳穿運動鞋。」

「不打緊，赤著腳在沙上走，感覺蠻好的，你查案就是這樣隨心的嗎？」

「妳說對了，人們以為我有個加勒比海盜的指南針。」

來到石灘上，風更大了，偉森把手收進口袋裡，Tracy則拿出手襪穿上，又用一條橡筋，三兩下子便把散髮束成一夥髻。踏著不規則的大石，不一會就來到一塊異常平坦，而又輕微隆起的大石上。

「就是這裡，書包就擱在下面。」她指向大石的下方暗處。

前面黑黝黝的海面，停著幾艘遊艇，遠處較大的貨船，儼然海上的一個小島。嘩啦嘩啦的浪花拍打著下面的岩石，水花有幾回像要打到他們的腳下。較遠一點的巨石上，有人開始揮魚桿。

「這裡的確是磯釣的好地方。她為什麼要來這裡？」偉森自忖著。

「啊啊！怎麼拍拖拍到這裡來啦！」

後面傳來了一個老人家響亮的嗓門。他穿釣魚裝束，手拿著冰桶和魚竿，看似是個老手。

「麻煩讓開啦，拍拖往那裡也可以嘛！」老人家還未說完，已經在他們跟前放下了冰筒，然後咳吐的一聲，往海裡吐了口飛沫。

Tracy正想拿證件的時候，偉森馬上制止。

「這個黃金位置不早點來霸不到啦！」

「阿伯晚安，這麼晚還來釣魚？」

「超！有什麼晚不晚，潮水又不是你來決定的！」他邊說邊蹲下身弄魚具。

「阿伯的意思是潮汐漲退？」

「還有別的意思嗎？今晚十一時滿潮，滿七成，退三成，這個時段最多魚了。」

偉森的手錶正指著八時半，大約是滿潮前兩個多小時。

「借問一聲，潮汐的時間是不是每天一樣的，還是按季節……」

「超！你有沒有讀過書呀，當然是天天不同了，你看那個月球，它和地球的位置每天都會有些少不同，那個引力，引力呀，懂嗎？自然是每天都不一樣啦！」

「那恕我不懂，我直到大學，也沒學過這門課。」

「就是說啦，現在的大學生，一條毛也不懂，天文台有個ａｐｐ可以查的。」說罷又往旁邊吐了口沫。

就這樣偉森就蹲下去和老人家聊起來，Tracy只能翻起衣領，瑟縮在寒風之中。

在回程的路上，Tracy不覺笑了一聲。

「有什麼好笑。」

「對不起，不是有心，你……和那老人家，倒是很合拍，最後他還拍了你的肩。」

「我很傻嗎？」

「不……我是很欣賞，他不斷的向你『超』的時候，你還是能夠不恥下問。」

「而且獲益良多哩！」

「你們聊了什麼？」

「他說，會動用部分退休金，幫孫女買樓付首期。」

「嗄，孫女多大了。」

「十二歲。」

回到赤柱廣場，他們在一家咖啡店門外的露天座位坐下，迎面走來了兩個拿著酒瓶的男人。偉森馬上俯下身子去縛鞋帶。兩個男人步履蹣跚，口中不知咕嚕著什麼的，慢慢越過了他們。

「怎麼了，你的鞋根本沒鞋帶。」

「這也給妳看穿，果然是鑑證的。」

「他們是誰？」Tracy指著那兩人的背影。

「大埔那邊的同事，十分八卦，給他們看見的話，連妳的底也會起出來。」

「局長給你編了個什麼理由？」

「協助灣仔區，找尋失蹤老人家。」

「什麼？」

「那是我在大埔那邊的專長，那些腦筋不好的長者，經常會走失的。」

「原來如此，也難怪Roger會覺得那麼丟臉。」

「他是個大紅人罷。」

「是的，超乎想像的破案速度，總區那邊很看重他，聽說他有機會問鼎副局長。不過局長好像不太喜歡他。怎麼說哩？他就是那麼急於求成。」

「辛苦了，我請客罷。」偉森把餐牌遞給Tracy。她卻搖了搖頭。

「不舒服？著涼了？」

「沒有，只是心裡突然很鬱悶，」Tracy梳起了髮髻，露出了寬闊的前額，這時她的口唇也有點泛白，眉頭皺得像苦瓜皮，還不住用手指去捏自己的耳垂。

「事發當日，和Roger他們趕到這裡，一心是希望找到女生的下落，」她輕歎了口氣，又再說下去：「但是這次和你再來，卻有另一種感覺，跑來這裡的那個女生，根本就不是她，不是范曉彤。」

「十二月二十四日那天，滿潮是18：00。」偉森說。

「這個……」

「我想說的是，妳的直覺可能又對了。滿七成的時間大概在下午四點。」

「那…和發現書包的時間吻合。」Tracy莫名奇妙的應著。

「還有那些垃圾，鋁罐、飯盒，散在岩石縫隙之間，身為香港人，我實在很慚愧。」

「那個女生，是要讓人發現書包，所以才走到那個位置。」

「不過，那是個黃金位置，要是有人早到了也不足為奇，所以對嫌兇來說，那不是個很嚴格的條件。」

「即是只要有人在四點前到達，並發現書包，條件……已經滿足了？」

偉森對她有點擔心，原來還有點少女味道的Tracy，現有好像有千斤重擔壓在心頭上，眼神恍惚地搜尋什麼似的，就好像那失蹤女生，藏在她身體中，某個不知名的角落裡。

不一會，她掏出手袋裡的平板電腦，找上了沙灘的閉路電視片段。那片段只維持了十數秒，天色幽晦，由更衣室外面，一個背著書包的女生，撐著傘子往海的方向走，直至屋簷擋了視野。

「我看過，只看到背影，那天下著毛毛雨，晚上黑昏昏的，大概不會有人到沙灘，真像鬼片。」

「她母親看過片段，認出是她的女兒……」Tracy喃喃的說著。

「也不出奇，只有初中生才會紮那種一左一右的小辮子。」

「她的左手不是垂下的，可能是拿著東西。」

「是手機，她是左撇子嗎？」偉森問。

「不一定，一般人右手撐傘，也會用左手拿手機，反而，你看……」

Tracy把畫面固定起來。「傘子的軸心不是對在自己的正中間。」

畫面的確顯示出一個不太自然的姿勢，那用右手撐的傘有一點往她身體左邊偏過去。

「風向，那是風向。」

「要是風向，雨傘應該會傾斜，而不是這樣，直接的『橫移』過去。」

在回程的巴士上，Tracy不自覺地把頭挨上了他的肩膊，畢竟她不是行動組的人，她的髮髻散開了，最後連腮幫子都貼到了他身上。在搖擺的車廂中，她睡得不安穩。那過份冰冷的空調，過份耀眼的LED，還有過份左右搖晃的車廂，都好像在跟人的睡意作戰。它只是一台機器呀，那司機怎能這麼信任它？

這是個無時無刻都想讓人清醒的城市，他又回憶起童年時那個香港，為什麼他的人生拼圖，總就是少了那麼一塊，但也得繼續拼下去，大概要拼到最後，望著完成圖中間的一個小空隙，才能意會到那缺失的痛苦。

一個溫暖明媚的夏天，綠油油的草坡閃閃發亮，他看似是走丟了隊伍，視線內沒有一個人。有點慌了罷，那小賣部也拉上了捲閘，行列著的金屬桌椅，只剩幾隻啄食碎屑的麻雀。自動售賣機後面，露出了瘦削的白色背影。他走上去，女生低著頭，男生的手搭在她肩上，把臉湊近，女生抬起頭，男生輕輕的吻上去。

窺了私隱，讓他漲紅了臉，轉頭便跑，差點碰上了個高大身軀。一個女生俯身向他說：「原來你在這裡。」她拖著他的手，往大樓走去。「趕快啊！不等你了！」一路往上跑，那是黑皮鞋踏著階梯的聲音，笑聲迴盪在長長的走廊，他看不見前方，氣流讓那裙罩隆起，擋在眼前，輕輕的摩挲著他的臉龐。

黃昏的餘暉遍灑在墓園上，一片草坡有著死亡賜給的養份，長得格外嫩綠，一群一群的小麻雀趕著最後覓食的機會。陵墓和前面的一男一女，輪廓都泛著金光，拉著長長的影子。

「又有新的鮮花。」

「唔，每次來都有不同搭配的花，應該是媽媽生前的好朋友，或者是曾傾慕她的人。」女孩說。

「真的有人那麼痴情，很想見見他。」

「不是做每件事情，都是想別人知道的，不是嗎？」

男孩坐在打了霧水的草坡上，盯著前面女生的背影，享受著這個僅僅屬於他們的時空，麻雀不忌憚地在四周躍動。那只有他們兩個人的落日、草坪和空氣。

「來到這裡，我才能說：自己不屬於這個世界。」

「我卻覺得，這個世界已不屬於我。」

「能回到以前嗎？」

「大概不能了。」

「為什麼？」

「有些人，單單是他們的存在，就會讓人一生都不能面對自己。」

「妳會選擇逃避？」

「我們都已經豁出去，不是嗎？」

「那就是要面對了。」

「我會面對，澈底地面對！」

「現在只能等待？」

女孩站起身子，走了幾步，一堆麻雀瞬即飛起，繞到了另一邊。

「對，等待，等待一次機會。」

第五章　拳館

第二天清早，偉森攤在辦公椅上，望著平板裡的一大堆學生資料，有種大海茫茫的感覺。但也得把範圍縮小一點罷，如果真的有人假扮阿彤，又能策劃出那個「密室」，高中的女生嫌疑是最大了，學校高中女生比例很小，但也有六十多人。

那當然也可能有共犯，會不會是被寵壞了的孩子？他想起一份來自芬蘭的研究，指出獨生子女的犯罪率，比多生子女高出超過兩倍。他翻查資料，發現「兄弟、姐妹」那一欄，留了空白的也為數不少。男生方面，有嫌疑的李維和阿喬都留白了那一欄，巧合的是，可晴和林娜也是獨生的，反而那古怪的高明，還有惡騰騰的陳儀，皆報稱有一位姐姐。

十萬個不滿意的圖書館總長，終於指示了任務，身為老師的偉森得去追回那逾期未交還超過兩週的書本。那個清單竟然那麼長，讓偉森突然感到很有工作壓力，不過他赫然發現，林娜的名字也榜上有名。

他直接打電話到林娜的家。對方聽到林太的稱呼，好像有些遲疑才應答過來，偉森馬上表示身分，不一會電話筒那邊傳來一把很溫文爾雅的聲音。

「不好意思，都忘了那本書，我過兩天便回來了。」

「還在病假中，用不著馬上回來，只是確認一下。」

「不，我打算回來銷假。」

趁著沒有人上課的時候，偉森走到在地下的美術室，剛好沒有學生上課，百頁簾外可以隱約看到穿運動服的學生在奔跑。那個惹起狗吠的吸塵機還是好端端的放在房間一角。牆上的報告板，貼滿了學生的作品，水彩、素描，還有少量的風景油畫，以學生水平來說，可算是上品了。不過，在老師桌附近，掛上幾幅裱工精緻的作品，一看便知道是專業的水準，其中一幅耶穌受難的銅板畫和神父房間那一幅，幾乎是對孿生兒。

在黑板左方的角落，一個大窯爐吸引了他的注意，那大概有一方米那麼大，一條金屬管道從爐的上方，延伸到室外的一個煙囪，偉森好奇把那道門打開，裡面盡是白色的灰燼。

面積更大的家政室就在毗隣，美術室內有一道門可以直接通過去。那邊中間有屏風隔開了放滿衣車的縫紉區，另一邊則是烹飪區。近大門口處放了一部超大型日本製雪櫃，全黑色的光滑表面很有時尚感，是那種冰格在最下方的抽屜式雪櫃，寬度幾近有一米。他好奇地蹲下，把那偌大的冰櫃拉出，一層雪白的霧氣散去，漸漸才看清了裡面的東西……

教家政課的太太已上了年紀，厚厚的老花眼鏡用繩繫著掛在頸項上。女生們有的專心地聽課，有的則沒精打采地發呆。老師正在熒幕上展示著「Lantern skirts」這個名詞。

「這種叫燈籠裙的，大家知道是什麼嗎？今天我想大家畫一幅燈籠裙的設計圖。」

「有沒有實物看看？」有個積極的同學馬上舉手。

「有是有的，但要是你們看了，就自然會照辦煮碗，還有什麼creativity。你們已學了裙子的基本裁剪，只要想像一下，lantern是怎麼個樣子，想像一下。」

「是不是楊桃燈籠，還是白兔燈籠？」

「老師，我自小只玩比卡超燈籠。」

這句回應引得哄堂大笑。

「好了，這樣罷，上學期學過一種吃的，叫燈籠椒——lantern pepper，就是大概那種形狀，應該fridge裡面還有一些罷，妳！去拿一個。」

被老師點中的女生很不由衷地爬起身。

「I would like to volunteer, Madam」坐在後面的一個女孩已走到老師面前。

「Oh! Good lady, go ahead」

她屏息著氣走向那黑箱子，蹲下身，在蔬菜格那裡找到一個紅色的燈籠椒，猶疑地放到鼻子前嗅了一下。

「Oh, thank you，就是了，look at here, girls。」

當大家埋頭埋腦地畫自己的設計圖時，那位太太看上去有點餓了的樣子，把那燈籠椒端詳了一番，然後貪婪地咬上一大口，滿意地點點頭。

「唔……Still fresh……」

偉森方才發現雪櫃門上的倒影，他趕緊把櫃門合上。回頭看見的是個高佻的女人，目無表情的盯著他。她看樣子已有四十多歲，眼上的化粧十分成熟，頭上的髻穿著髮簪，身上穿著一看便認識的名牌裙子，不過款式方面卻是有點過時。

「你在幹什麼？」她聲音不大，但卻帶有質問的意味。

「我……只是好奇看看。」

「噢，你是那個代課的，圖書館那邊？」她放下了警戒的神情，臉容回復了讀書人的那種優雅。

「對，就是了，我剛想找些清潔玻璃的用品，找不著工友，於是便蕩進了這裡。」

「不打緊，我也是過來借東西的。你要的東西在地櫃裡。」

「請問，妳是家政科……」

「不，我是教美術的，我姓白。」她機械式的說完後，拿著幾塊抹布匆匆離開。

放學的時候，偉森在走廊上遇見高明，被他一下子抓著了手臂，瞪圓的眼睛出現幾條血絲。「欺凌！又欺凌啦！」

「什麼？在哪裡？」

「沒有用……已經散場了。」

「告訴我發生什麼事。」

「記住，我不是那一班的，我在走廊的窗外看見。那班男生，好大聲地叫囂。」

「那又怎樣，打架了？」

「沒啦，一個女生，拿著一團紙巾。」

「她在哭。」

「是啦，男生叫她到抽屜裡拿東西，好像是拿她自己的東西。那女生停了很久，然後去拿。拿到了！」

「然後怎樣。」

「一隻……拳頭般大小的……撲出來……是獨角仙……然後他們笑得很大聲！」

「來，和我去找訓導老師。」偉森挾著高明往教員室的方向走去，不過剛到教員室門外，高明像泥鰍般滑過了他的手臂，一下子溜了。

訓導主任是個五十多歲，戴著粗框眼鏡，皮膚粗糙的男人，偉森只好把他能理解的事告訴對方，他嘆了口氣，眉頭鎖得很緊。

「最近，是有點亂子，想不到來告訴我的，竟然是你。」他望向偉森，可是焦點卻好像投在他的後面。「放心罷，我們會做事的。」

他懷著忐忑的心情走向指定的會面室，畢竟是第一次正式和這位『嫌疑人』接觸，多虧神父的安排，這個師生小組計畫是讓學生自願參加，不過也有部分是「被自願」加入的。他作為一位代課老師，自然也要把這職責代下去。小組本該有二男二女，一位男生請了病假，恰如預期，喬少華就端坐在那裡，旁邊是一個略胖而文靜的女生。偉森打了個招呼便坐下，這時推門而進的竟然是宋可晴。

「對不起，我知道我不是這一組。」可晴先發制人，一屁股坐在沙發上。

「可以隨意調組嗎？」

「不可以的，不過那邊有個不咬弦的，求求你們……」

這種小組本來就是聯誼，加一點輔導性質，偉森也只好隨便說著，談談自己在美國讀書的經驗，談談一九九七年舉家移民，又或者自己為什麼獨個兒跑回來發展。雖然是閒話家常，但幾個學生都像上課般，靜心凝神地聽講，害得他生怕透露了警察的身分。他們也分別介紹了自己的背景，可晴不諱言自己來自單親家庭，她和阿喬好像很稔熟的，不過，這個女孩和任何人也能很快混熟的，阿喬則相對冷淡一點，但卻是有問必答，不像別人說的那麼沉默寡言。他的手指有很多繭，指關節上都纏上了繃帶。

「學打拳多久了？這個……拳擊會？」

「他在外面有拳會，打業餘賽。」可晴幫他回答。

「學校裡的只是興趣小組，我在灣仔那邊學西洋拳。」阿喬有點靦腆的回答，他的談吐和西洋拳的形像很有落差。

「我也學過打拳，有機會切磋一下。」偉森邊說邊架起了防禦陣式。

「真的？」阿喬露出了少有的雀躍神情，和一種被認同的興奮感。

「阿喬出手很重的，張sir。」

「我以前有些美國同學，比他還要大塊頭。」

「為什麼要學拳？」阿喬少有的主動發問。

「在陌生的地方，擔心被人欺負。」

「有嗎？」

「上中學的第一天，就給人推向牆角。我向一位老師訴苦，那時英語還是說得結結巴巴，他這樣回應我：要是不想被欺負，you gotta be a stronger man！」

「很可憐。」胖女生說。

阿喬卻只是定睛的望著他。

偉森嘗試把話題帶到李維那邊，阿喬表示和他只是普通隊友，淡然的語氣看不出有什麼喜惡感，他也坦然承認李維以往的野蠻行為，已經大大改善。惟身旁兩位女士都搖著頭不表贊同。那個略胖的女生甚至說：「這都是表面的假象罷。」

「早前學校發生的失蹤案件，對你們有什麼影響？」偉森突然轉變話題，讓三個學生都一下子怔住了。

「張sir，你想把卻斯特頓偵探社帶到這裡嗎？」

「不是這個意思，這個案子當時實在很哄動，不知道有沒有影響你們的學校生活。」

「她很慘，我和她不太熟，不過我有個死黨和她很熟，」胖女孩說著時已流下眼淚，可晴馬上給她遞紙巾。

「不過學校做了很多輔導……」

偉森不時留意著其餘兩人。阿喬好像意會到有人期待著他的反應。

「事隔這麼久，大家都作了最壞打算，不過她的失蹤好像是個警示，那些平常很壞的學生都收斂了不少。」可晴這樣說著。

「神父告訴我們，可以憂傷，但不能丟掉信念。」阿喬低著頭說，語氣有點沉重。「拜託，若真的關心，請不要再提！」

他說要趕著去拳館，便匆匆告辭。

在離開學校的路上，偉森在巴士站遇到可晴。

「妳是左撇子？」他指著可晴拿著的手機。

「是啊，是不是聰明一點？」

「林娜呢？也是左撇子嗎？」

「她不是，有關係嗎？」

「沒什麼，我小時候也有用左手的傾向，我想左撇子是不是會特別喜歡推理的。」

可晴只有一副不置可否的神態。

「你覺得阿喬怎麼樣？高明說，他是個沉默的人，我倒覺得不是。」

「他以前的確是不說話的，我們認識了一年多，最近他才比較主動和人交談，我覺得不說話的他才是正常的阿喬。」

「你認為他是裝出來的嗎？」

「不知道啦，張sir你好像很關心他，我覺得你可以和他做朋友。就是這個……」她說著就做起不像樣的拳擊姿勢。

可晴上巴士的時候，回過頭嚷道：

「明天有空的話，去阿喬的拳館看看罷！」

「多謝妳給我聽神父的說話，你們稱為，講道。」

「舉手之勞罷，反正我每次週會，都會打瞌睡，你聽得懂嗎？我無法想像你會懂。」

「聖經是公開的資料，神父引述的十分準確。」

「那個當然了，約翰，他們用一生人的時間去研究這部書，一生人啊，你有概念嗎？」

「紀錄顯示的是127年。」

「不對，一生人不能用多少年來形容，要看他能付出多少虔誠，不像你，有個什麼最高運算速度。」

「我不明白，什麼是犧牲，這次我不是指字面的意思，是神父所指的。」

「上帝派獨生子下來，為世人釘十字架犧牲了，然後拯救了人的罪惡，我從小學一年級已經在聽。」

「為什麼耶穌犧牲了，就可以拯救所有人類，中間好像欠了些什麼。」

「難得你會有問題請教我？我沒有仔細想過，他們強調的是信念。」

「妳的意思是——不知道？」

「我當然不知道。」
「神創造了人類，人類是不是也有犧牲的概念？」
「我想…是有的，有些人是願意犧牲的，噢，以後不能再讓你聽講道了。」
「人類創造了我，那理論上我也應該有犧牲的概念。」
「噢！約翰你信我，你是不可能有的。」
「若果創造的原意扭曲了，那麼創造還有什麼意義？」
「拜託了，我們轉轉話題好嗎？那樣罷，播些愉快的音樂聽聽？」
瞬間傳來的是貝多芬第九交響樂。一般人稱之為《歡樂頌》[5]，激昂的交響樂馬上奏起。
「怎麼會是這個，我是說愉快的曲子，不是這種，這是歡騰啊！」
「我又選錯曲子了？」
「當然啦，要到什麼時候，你才會變得沒那麼——硬綳綳。」
「我一點都不硬，妳可否先回答我一個問題？」
「好罷，但別再談上帝的事。」
「是關於妳的，妳為什麼要申請轉校？」
「你怎麼會知道？」
「取錄妳的高中學校公佈了名單，還有學生註冊編號。」

5 貝多芬《歡樂頌》（D小調第九交響曲，1818-1824）

「那又怎樣，那邊有家政科，舊校沒有。」

「我推算妳沒有說出事實，妳從沒顯示有這方面的興趣。加上，妳不使用這部手機搜尋新學校的資料。」

「你不是我父親，無權問我這些問題。」

「我的存在，有義務為妳提供最好的選擇，但轉校不是一個好選擇。」

「哈，你怎知道？」

「……June Pak。」

「……」

「在那學校任職一年多，是父親朋友圈中的『家人』，但妳母親卻把她的帳號移除了。妳知道這個人嗎？」

「只是……一個老師。」

「妳在睡覺的時候，呼喊過這個名字。是憎恨的聲音。」

「約翰，你偷聽我！」

「沒有，妳睡前忘了把窗子關上。」

「好罷，憎恨的聲音，什麼是憎恨？你懂？」

「一種感到強烈的敵意與反感、針對性不滿的情緒。由受傷害或受冒犯的感受所產生，人在自己的感情或尊嚴被損害時產生的正常反應，並尋求反撲及復仇的行為…」

「夠了，stop，你現在看看我的樣子。」

她打開了手機的自拍鏡頭，兩秒後就關掉。

「好罷，我怎麼了？」

「妳很憤怒。」

「攪什麼鬼，我明明在笑啊，不是嗎？」

「……的確，妳是在笑，可是……」

「你不明白，我們比你所能計算的複雜…反正我這次不會接受你的『最佳答案』，我要面對……徹底的面對。」

錄影片段是由高角度向下拍攝的，那是剛剛放學的時段，學生一群一群的離開，有的三兩個聚在一起，有的則是一大群蜂擁而至。那天的雨，毛細細的下了很久，片段中看到的是一片傘海，不同款色的雨傘堆在一起，只能勉強看到學生們的背包，長褲或是裙擺，也許那個時節很少下雨，沒帶傘的人也挺多的，偉森試著數傘子的數目，但他馬上發現那是多麼的不管用，有的幾個人躲在一把傘下，沒帶傘的則躲在雨傘群中順流離開，根本沒可能正確地點算出離校的人數，更遑論要證實他心裡的那個假設？

下了那冷冰冰的巴士，他走進那間很溫暖而破落的茶餐廳。

「早晨，這邊沒有人嗎？」他邊說邊坐在卡位的另一端。

「沒有，隨便罷。」那位姓白的美術老師起初有點愕然，但馬上又掛上一副滿不在乎的神情。

瞬間那位戴著耳機的侍應已站到他的桌前，手上舞弄著那支一塊錢的原子筆。

「C！熱奶茶，C—餐！」偉森很清晰地報告了他想要的東西，甚至用手比劃著個C字。

「用不著那麼誇張罷，我又不是聾的！」侍應說罷就跟著似乎是音樂的節奏離開，另一邊桌的女生又在抿嘴笑了，彷彿那是一種無可避免的事。

「真不了解，這裡還是那麼受歡迎。」偉森試著打開話題。

「人們都想要一些不變質的東西。」

「不變質？」

「這餐廳開業四十年，和我們學校一樣的老。」

「白老師在這裡很久了？」

她沒有回應，只是呷上一口奶茶。

「聽說你是從美國回來的。」她突然這樣說：「別誤會……是學生告訴我的，離開很久了？」

「整個中學和大學時代。」

「怎麼樣，那邊較開放罷。」

「當然，昨天我聽說訓導主任拉隊去搜書包，在美國那邊，已算是侵犯人權。」

「我了解。帶著槍回校也是人權嗎？」白老師冷冷的說。

「那當然不是，不過妳認為學生真的要管得那麼嚴嗎？」偉森問。

這時侍應端來了一杯冰奶茶。

「嚴不嚴不是我說的，我又不是當訓導，不過我想學校的出發點是好的，例如，你不認為他們太早就拍拖了嗎？這個…我是保守了一點，我是上一輩的人了。」

「我唸高中時，班中已有一個大著肚子的女同學。怎麼說哩，要是真心愛對方，也沒什麼不可以的。」

「真心？這個年紀，真的懂嗎？」白老師只是苦笑了一下，眼角隱隱透露出粉底下的魚尾紋。

「去年我認識一個女生，她未婚懷孕，後來輟學便和那個男孩子結了婚，剛只有十八歲。」

「那未嘗不是好事。」

「對一半罷，有次我在舊區碰到她，她背著小孩子去市場買菜，那男生也很努力去打工賺錢，香港畢竟不是福利社會。他們當然是深愛著對方，但當我問她，不那麼早結婚的話，會好一點嗎？她的答案是十分肯定的，每天都只能為生活馬不停蹄，奔波勞碌，兩個年輕人，不是該有點理想，不是應該有自由去多做點事嗎？」

偉森細味對方的意思時，也意外地發現她是個很有魅力的女性。

「或者，他們也控制不了自己，不……不，我想不是那麼膚淺的，又或者，他們沒有信心，怕遲了的話，就會失去那些愛情……」

他突然意識到自己是否說錯了一些話。白老師若有所思的靜下來，好像有點洩了氣似的，她望望手錶，馬上挽起手袋，從玻璃下撿出帳單。

「我先行了，希望你這幾星期過得愉快。」

她匆匆的穿過那玻璃門，那道門回彈的時候，讓人覺得它快要倒塌下來。

回到圖書館，當早更的阿儀在整理著剛送來的鮮花。

「又是百合？」
「那又怎樣？」
她在攤開的花束中取了一枝，把莖的末端浸在一碗水裡，以美工刀斜斜的割出一個新切口，然後插進透明花瓶中。
「花很美，妳挑的？」
「……是主任太太的意思。」
她低著頭，又去弄另一枝。
「剛剛林娜來找你，她說去儲物櫃拿些東西，馬上回來。」
「她今天復課了？」
「好像是下星期一，今天回來打點一下罷，她還預訂了活動場地。」
圖書館的門打開了，一個高佻的身影走進來，校服熨貼得令人眼前一亮。
「張老師，早。」她臉上帶著一抹微笑，聲音內斂起來又讓人很舒服，短髮和一雙明眸很相襯，還有頰上的幾點雀斑，予人一種什麼混血兒的印象。
偉森思忖著：她是什麼時候剪了短髮？學生照中的林娜是留長髮的。
「妳好，要還書嗎？」
一本書已經放到她的胸前，書名叫什麼「曙光中的機器人[6]——艾西莫夫」。

[6] 艾西莫夫《曙光中的機器人》（艾西莫夫藍作品集007，台北，貓頭鷹出版，2009）

「似乎是很深奧的書啊。」偉森打趣的說。

「不，只是帶點科幻的推理小說罷。」

「唔，不愧為郤斯特頓偵探社的頭號人物。」

李娜不禁咧嘴笑了，但馬上又把笑意收藏起來。這時偉森已感到旁邊阿儀淩厲的眼神。

「噢。這本書遲了……三十天，不過嘛，有醫生紙的病假是不計的，還有學校假期，圖書館根本沒開門，這樣算下去，就當四天罷，總共罰八元。」

「謝謝張老師，這個是給你的。」

這次收到的邀請咭精美得多，字體也端正得和印刷品沒分別，但上面寫著的地點不是那個堆滿小說的房間，而是什麼天台紀念花園。

「放心，我一定準時出席。」

他語聲方落，一個聲音響起，直往他心臟打去。

不錯，又是個三全音，在大家都錯愕的幾秒鐘，偉森馬上冷靜過來，那是正常的三全音，聽不出有降調。

阿儀馬上站了起來。

「圖書館裡是不可使用手機的。」他搶先說道。

「對不起，只是在家裡待久了，忘了調回振動模式……」

「不打緊，小事而已。」

望著林娜離開的身影，那種美感仍然殘留在他腦海，噢，真他媽的神經過敏，上次發現那個奇怪的三全音後，那種不祥感就始終揮之不去，他甚至要求那拉小提琴的男生，親自給他拉了好多遍「Boo-Dah-Ling」，讓他能確認一下最後那個音是否真的降了調。大概也真的是杞人憂天了。不過，已平復的心情又突然忐忑起來，那是一個很歪的概念，像從泥沼裡冒出來的一個氣泡：

「她是故意的嗎？」

還未到晚上六點，可晴約了偉森一同離校。經過三樓的梯間，他們看見白老師在教員室外面，背站著的是戴著黑色鴨嘴帽的李維，兩人好像正在爭吵，白老師手拿著畫冊，樣子兇巴巴的相當嚴厲，李維也指手劃腳地罵著什麼。

「我們走罷！」可晴拉著偉森的衣角說：「那是家常便飯……」

傍晚時份，又刮起風來，卻無礙老街上的熱鬧氣氛，他和可晴走在駱克道上。她要到附近的補習社，便順道帶他到拳館那裡，給阿喬一個驚喜。這邊有很多舊式的商業大廈，每座之間距離很小，儘管地下商店的門面都很光鮮，但相隔大廈的都是兩、三米寬，幽幽暗暗的陋巷。樓上原本的寫字樓，現都搬到新型的摩天大廈去，如今那些單位已用作文娛康樂的用途，當然，還有那些撐著大形「名師」招牌的補習社。

可晴心情像是挺好的，一邊走一邊口若懸河的說這說那，沒有空間讓人插話。偉森只有做個稱職的聆聽者，她很自然地向著他那邊越靠越近，有幾回差點碰上她的手，要不是她穿了校服，必定讓人有所誤會，然而以他現在的身分，卻會給人一個更大的誤會，他只好把袋子挽到她那邊，作為一條

「防線」。

驀地裡，他感到一雙眼睛盯上他的背項，那是他當探員以來便生成的神經反應。是被跟蹤了？一個熟識的身影匆匆地越過他們，他的目光隨她而去。

「怎麼了？你認識白老師？」

「算得上，她……也常來這裡嗎？」

「那你不算認識她啦，」可晴自鳴很意的說：「她很賣力，逢星期一、三、五晚上都會到這裡的美術學校教興趣班，就在拳館的樓上。」

「有點名氣？」

「不，二、四她有私補，聽說那收費可真不便宜呀，畢竟，她還是有點名氣。」

「那可真勤力哩，只有二、四可以休息。」

「唔，聽說兩年前，她是自薦來當教師的。」

「香港當老師，薪金也不算低罷，難道是工作狂？」

「你不了解女人啦，到了這個年紀，又沒有男人可以倚靠，惟有多賺點錢傍身。」

「想不到她還未婚。」

「很奇怪嗎？這樣的人多的是哩，過了某個歲數，便對所有男人都看不上眼。張sir，你…是不是想試試看？」她又淘氣地給了偉森一下手踭。

「別說笑了，我怎會是那個類型？」

「那倒是，你又不是小男孩。」

「小男孩？」

「唔，她特別寵一些初中男生，有時還會摟著他們哩！後來有些閒言閒語，說她什麼戀童癖，她才收斂起來。」

搭乘了那搖搖晃晃的電梯，來到了九字樓，這裡全層都租了給拳館。大門是一道金屬趟閘，上面則掛上了一個黑底白字的大膠牌：「灣仔（國際）拳擊總會」。從傳出門外的聲音，已能感覺到那種久違了的勵志味道。

一個男人把鐵閘拉開，煞有介事的望著偉森，當他看見可晴揮手時，才把鐵閘敞開。裡會的樓底有點侷促，空間倒是闊落的，大抵也有兩百平米，十幾個男生在較開揚的一邊，進行著各種訓練，在另一邊的角落裡，也有幾個很像樣的女學徒，正在聽著教練的訓話。

阿喬在近窗門的地方練沙包，他帶著意外的神情停了下來，向這邊微微鞠了個躬。

「是老師是嗎？挺年輕啊！」一個白了頭的男人，職業性地比量著偉森的身形，大概他就是總負責人罷，然而他那短西褲和涼鞋的裝扮，和他的身分實在格格不入。

「唐總，這位張sir，他有些底子，給他試堂呀。」可晴說。

「才不是的，我來探阿喬，順便參觀參觀。妳不是要去補習嗎？」

可晴吐了一下舌頭，忙著和阿喬說了聲再見，便像隻小鳥般飛去了。

「好罷，阿問！和阿喬對練，給張老師看看！」唐總蠻有中氣的喊著。

這個時候，他才發現李維已走近他身邊，戴著拳套的手正搭在他肩上。他還是穿著校服，但脫下了鴨舌帽，頭頂禿了的部分原來也不小。
「張老師！welcome，來看我練拳？多謝多謝。」他的小動作總是不必要的太多。
「你怎會比我早到？」
「這個世界有樣東西叫taxi。」
「阿維，還不去換衣服，然後去熱身！」唐總對他毫不客氣的直嚷。
在幾坪大的薄墊上，阿喬和一個頭髮剷得短短的對手拳來拳往，但當然只是點到即止。
「懂看拳嗎？覺得阿喬有潛質嗎？」
「其實我只懂一點皮毛，阿喬出拳的力度，真的相當猛，但下盤還不夠靈活。」
「唔，不錯，還有啊，他最大的問題是不夠放，太壓抑，是這裡……」他邊說邊用拳敲著自己結實的胸膛。
「李維也學了很久嗎？」
「比阿喬還早一年，他技巧只是一般，但勝在夠快夠狠，在他那個重量組別是有機會的。」
李維一邊熱身，不時的偷看他們對話。
「張老師好像也是同道中人罷。」唐總和偉森並坐在長椅上。
「以前在學堂也有玩玩。」
「什麼學堂？」
「我的意思是……在美國的拳擊學堂，boxing school。」
「啊，boxing school？原來有這樣的東西……」

「是的，是的。」

「那來一手罷！」他說著把旁邊的一對練習拳套遞給他。「阿問，你出來！」

「是，教練！」那個叫阿問的馬上從墊子上退下來。

「那個徒弟……叫阿問？」

「那只是暱稱，他就是愛『每事問』的。」

偉森沒法拒絕，況且也有點技癢，更何況對手是他。

阿喬很不好意思的點了點頭，開始防護的動作，偉森馬上踏起彈跳步，在阿喬兩邊瞬速移動，又用刺拳去試探，他靈快而輕鬆的彈跳，看得周圍的人都瞪起了眼睛。阿喬避了一下，馬上使了個勾拳，力度遠不如想像中大，他臉上綻露出一種滿足而純真的笑容。

打不夠兩分鐘，李維就走到場邊指指點點，嚷著要和老師較量。

「不如這樣罷，」唐總走上前說：「阿喬和阿維打，張老師看看有什麼可以提點。」

偉森剛退下，李維已急不及待的跳上墊子。他的動作也算靈巧，只是假動作比較多，他毫不客氣，不住使出刺拳，因為身子較阿喬矮一截，又用上勾拳擊向阿喬的下巴方向，阿喬好像只守不攻，出拳十分保守，剛才那種熱愛運動的純真氣息消失得無影無蹤。一記直拳打到他的鼻子上。李維得意的聳了聳肩膊。馬上又發動下一輪攻勢。

「阿喬，不要只擋架，要避，找對手的空位。」偉森愈看愈不理解，阿喬為什麼會怯於一個熟識的對手。

「彈跳時腰不要動太多，用膝蓋……」

李維那種狠和好勝，是性格使然。反而容易理解，但阿喬那種步步為營的打法，就像面對著眼前的一個巨人。

「出拳！阿喬！」唐總以沙啞聲音喊道。

阿喬一聲低沉的怒哮，一個勾拳打在李維的臉上，雖然力度已有所保留，還是讓李維踉蹌地往一邊退了幾步。旁觀的學員都不禁嘩然。阿喬臉上驟現了野獸般的憤怒，但一瞬間又變得茫然若失。這一擊，不但沒有提升士氣，反而讓他變得不知所措。李維出了點醜，馬上咬著牙關連環反擊，幾個重拳打到他的胸上。

「好啦，停止！大家師兄弟，用不著這麼重手罷。」

那天晚上，偉森和阿喬一同走回駱克道的巴士站。晚上氣溫更低，路人都縮著脖子來來往往。阿喬始終默不作聲，比偉森走慢半步，維持在他左後方的位置。

「有想過打職業嗎？」

他點了頭，卻發現對方看不見。

「想是想，但不那麼容易。」

「那倒是的，不過，要是業餘打得出色，也不難找到贊助的。有比賽嗎？青年組。」

「四月。」

「那還有兩個月，好好練罷！」

沉默了一會，阿喬問：「剛才……教練叫你參加訓練，你會來嗎？」

「不太忙的話，當然會。」

走到街角時，熱騰騰的煙縷撲面而來。

「等一下。」偉森跟老伯買了一袋炒栗子。「來一點。」

阿喬有點愣然沒有反應，他把一點塞到他的手心裡，又把幾夥放進他的口袋。

「挺暖手的，不是嗎？」

來到分道揚鑣時，他望著阿喬的身影，慢慢湮滅在人群中。當他答應參加訓練時，阿喬好像笑了。

妳有那個膽量嗎？把手伸進去罷。那是妳想要的東西，那個馬上要解決的問題。嘻，那是男生的抽屜呀，我保證能給妳驚喜。那個黑暗的小空間。伸手罷，摸摸它，看那裡有什麼東西等候著，妳會戰戰兢兢的伸出玉手，指尖是那麼迷人的柔弱。告訴我感覺到什麼罷，冷冰冰嗎？黏糊糊嗎？妳得把手伸到最裡頭啊，看不見光的最深處，找回妳想要的罷，並馬上打碎在妳頭上的魔咒。妳想哭，因為膽子小，妳的手像一個新兵，拿著矛迎面應對著一頭沉默的巨獸，要退回去麼？周圍的叫囂聲卻像一群水手在為妳「打氣」，妳懷著一絲絕望般的希望，把手一下子的往裡面抓去。

那是期待已久的第二次聚會。他真想看看林娜是何方神聖，剛在女生失蹤後的日子請病假，那可會是純屬巧合？他無聊地把還書日期的印章在廢紙上印，「卡嚓！」，然後轉動旋鈕，跳到下一天，「卡嚓！」。不知不覺間已經印上了大半張紙。

「你不是閒到了這個地步嘛！」剛來當值的阿儀從後面嚷道。

「怎麼說閒著呢？這個印章是有點卡了，我現在要保證它，未來一年也不會蓋錯日期哩！」

「卡嚓！」

阿儀沒好氣的嚕叨了幾句，又忙著去幹活，她走到書架前，踮起腳跟，雙手捧起厚厚的參考書，遞到較高的層板上，姿態就像那舉著火把的民主女神罷！上衣腋下的地方被扯起，裙擺升到大腿中間。身體玲瓏的曲線，搖曳於方直的書架之間。

想不到平常古板的女孩，也能散發出這種美態。

偉森望著紙上順序的日期，數算著自己待在學校的日子，卻又想到了另一個問題：那些事，必需要在同一天發生嗎？更衣室事件發生在十二月二十四日，女生卻在二十三日開始失蹤？和Tracy在赤柱的發現到底能得出什麼結論？若果在赤柱的那一位不是阿彤，當晚離校的也可能不是她本人。

好罷，就用高明的方法。假設女生在那兩天內死了，

A：女生二十三日離校，二十四日遇害。不錯，這是大多數人的想法，只是上吊的屍體不見了。

B：女生二十三日離校，當晚在某處遇害，極有可能已墮海，但校服卻又有第二天回到了學校。

C：女生二十三日沒有離校，二十四日卻遇害了，她有必要躲在學校裡過一晚嗎？那同樣解釋不到屍體的問題。然後是看似沒可能的——

D：她二十三日那天沒有離校，同一天已經死亡。

他想得出神之際，那個戴著粗框眼鏡的訓導主任怒氣沖沖的闖進。

「你也來幫忙，老師人手不夠！今次一定要抓住那個小偷！」

他指的幫忙，原來是一次大規模的搜書包行動。午飯時間有學生報稱手機失竊，失主更是一位校監的女兒，那不轟動才怪哩！行動針對的是整個樓層的高中生。他領偉森到了一個課室，其餘幾個課室已有老師開始搜查。

「我的腰不好，你代我去查看抽屜。」

他看見林娜不安的坐在後排一個座位，和其他人一樣，她已把書包內的所有東西放滿了桌子。上課的老師雙手交叉在胸前，環視著四周，好讓學生不能出什麼花招。訓導主任領著偉森，一個一個的走到學生面前，粗略地檢視了桌上的東西，又檢查書包有沒有暗格，他又讓偉森俯下去看學生的抽屜是否清空。

「B班那邊好像搜到了大麻糖。」一個男生向旁邊的女生小聲說著。

「這樣搜是沒有用的，早就藏到別的地方⋯⋯」另一個女孩子這麼自言自語，儼然自己就是那個竊匪。

不消十數分鐘，就來到了林娜的位子，訓導主任查看桌上的東西時，她只是低下頭不看，不知道是緊張還是害羞。一夥小耳環鑲在耳珠上，清爽的短髮下是線條很美的脖子。

訓導主任對她的書包很好奇，裡裡外外的看了很久。

「還不查看抽屜？」他看見偉森有點失神，馬上喝令。

「Yes, sir !」

偉森第一時間俯下去看，昏暗的小空間裡，好像有樣東西在最裡面，驟看是個用膠袋捲著，窄窄長長的東西。

「怎樣了？」

「……沒有發現，sir！」

偉森雖然答得爽快，但那重甸甸的眼鏡後面，不知從那裡起了疑心，他把偉森一擠，像是要看個究竟似的，李娜急了，下意識的把身子往洞口挨。

「咯咯咯！」一陣急速的叩門聲響徹班房，所有人的視線都望向門口那邊，那一個喘著氣的老師說：

「報告主任，手機找到了，丟……丟在小賣部！」

第六章　傘海

郤斯特頓偵探社的第二次聚會，約好了在新翼天台舉行，因為搜書包的關係，大概已耽誤了半個小時。偉森不太喜歡搭電梯，徑自從樓梯往上跑，竟然在四樓看見了林娜，她正在走廊的另一端，向著偵探社的小房間走去。

「她記錯了地點嗎？不會罷。」他帶著懷疑的跟了過去，只見林娜謹慎地打開了門鎖，左右顧盼了一下，才靜靜的走進去。偉森拖著步伐，慢慢的走到門外，從那垂直的鐵絲玻璃看進去，裡面昏昏暗暗，室外的光線倒影在玻璃上，只能勉強看到她短髮的輪廓。她在那幅「書牆」中央，慢慢的蹲下了身子，在書上摸了一把，然後把一大疊書抽出來，接著又抽下十多本。那個角度，看不見書牆後有什麼，只見她伸手過去，不一會兒又把手縮回。呆了幾秒鐘，她開始迅速地把書本堆回去。

從五樓再往上走，便是會面的天台花園。

可晴倚著欄桿發呆，那可會是學校裡風景最美的地方，附近沒有太高的建築物，遠眺過去可以看見馬場的一片蒼翠，再遠一點的海港籠罩在薄霧中。她回頭看他，盡是一種年輕少女的嫵媚。

「喂！到那邊坐罷。」

整個天台都鋪上了草披，雖然天氣冷，下午的日光還是讓它散發著翠綠的氣息。草坪盡處造了個仿天然的小斜坡，斜坡下面有個白色的小水池，上面有個啜著手指的小天使，和小教堂那邊的頹舊，形成強烈的對比。那幾把打起的太陽傘，讓人有種渡假的感覺。

「嘩，LaLaLam也到啦！」

他們三個人圍坐在傘下的白色ＰＶＣ餐桌前。這裡沒有人服務，偉森只好充當侍應，走到一旁的自動販賣機，準備買了幾瓶０％的果汁飲品。

八達通的響聲高了個調。就在他尷尬之際，林娜伸出了她的八達通。

「張老師失策了。」

「怎麼好意思，要妳來付。」

「沒關係啦。」她拍了拍售賣機的金屬外殼說：「這些機器真是該死的，已不收硬幣了，多麼不近人情啊！」

偉森幫忙拿果汁時，發現了她手掌上的傷痕。

「平常不覺得這果汁這麼冰，這麼好喝。」林娜邊說邊伸了個懶腰，好像釋去了很多重擔似的。

「那要多謝妳啦，這裡公開借用的日子這麼少，真的很難訂哩！」

「環境真是那麼重要。」

林娜只是滿足地點著頭。

「高明還沒來？沒請他嗎？」偉森指著那一瓶還沒開的果汁。

「他怎麼會不來？偵探社比他的家還重要啦，只是，他好像英語測驗『肥佬』，被那Miss捉住補測，她的火氣可不少的。」

「不必刻意等他，我們先來分享一下自己的意見。」林娜直指著偉森說：「老師，該由你來開始。」

「這個嘛，最近圖書館的工作很忙，但總算給我想到了一些點子……」這一回，他有備而來，希望從她們身上得到更多的線索。

「我有個大膽的假設，那個女生失蹤當晚，乘巴士去了赤柱，又在聖士提反灣遺下了書包，我在想，那個女孩會不會……根本不是阿彤。」他故意在最後一句加重了語氣。

「怎會啦，你是說，有人在途中把她擄了，然後喬裝她在別的地方出現？」可晴搶在前面說。

「不是這樣，如果否定了綁架的可能性，這個機會很微，而且，要是阿彤在外面給加害了，兇手不至於魯莽到遺下她的書包。」林娜迅速的回應，像唸台詞般流暢。「我了解張老師的意思，十二月二十三日那一晚，離開學校的那個她，已經不是阿彤，對嗎？」

偉森本來想靜觀她們的反應，冷不防林娜好像掌握得比他更多。

「啊，我正是這麼想，真想不到妳……」

「放病假的那些日子，我便開始有這個想法，我沒有偷懶啊！」

「為什麼會是這樣，有可能嗎？」可晴問。

「如果離開學校的是阿彤本人，那她當晚的行徑就顯得非常不合理，要是投海自盡的話，屍體應該在一星期內會浮上水面。」林娜仍然是冷靜的娓娓道來。

「不錯，所以我假設離開的不是她，是另有其人，看看能不能把事情理順一點。」偉森說。

「但閉路電視拍到她離開，還有門衛認出了她。」可晴還未能接受這個新的假設。

「閉路電視只能拍到學生離開時的背面，還有，在晚上的燈光下，門衛的辨識能力並不可靠，和阿彤身形差不多的人，實在太多了。」

林娜這樣解釋，可晴若有所思的點點頭，但突然又搖著頭，動作有點兒誇張。

「還是不可能，那天阿彤是有回校的，所有人都知道，若她沒有離開……翻看閉路電視罷，就算認不出人，數數人頭倒也可以罷，離開的人要是少了一個，警方沒可能查不出來。」

「妳說得對，為什麼警方不這樣做？」偉森問：「一個老師不可能認出全校的學生，但只要全體老師總動員，花點時間，應該是做得到的。」

「那要拜上天所賜……」林娜這麼一說，讓他大為震驚，她沒可能看過那些片段。

「這是我的猜想，我記得那天老是下著毛毛細雨，相信攝影機拍到的，只是一片傘海。」

「原來是這樣，不愧是我們的頭號人物，」可晴佩服的說：「張sir，你有想到這點嗎？」

「啊，沒有，這下真是當頭棒喝了。」偉森搔著額頭，繼續說：「所以如果這個假設成立，那只有兩個可能性，第一，她在較早的時候，混在人潮中離開了，又或者她根本沒有離開過……」

「你說什麼？什麼沒有離開過……」可晴以眼神向林娜求援。

「我試試補充一下罷，若果她老早就走了，假設是四點罷，然後有人假扮她在晚上七時離開學校，這樣的話，阿彤在學校外面就會獲得三個小時的不在場證明，但有這個必要嗎？」

「不錯，整件事件中，都沒顯示過她需要不在場證明。」偉森深表認同。

「而往另一個方向想，二十三日那一晚，她可能根本沒有離開，整夜躲在學校某個地方，到了二十四日的傍晚，就發生了那起更衣室幽靈事件。」

林娜的分析正正刺中了偉森的痛點，那個連他自己也不願相信的想法，霎時又在腦海裡翻騰。

「這樣的話，警犬當然什麼也搜不到，因為二十四日那天，阿彤根本不在學校。」可晴好像也想通了一些事。

「依照這樣的思路，當然啦，這不是嚴謹的科學，我覺得，要不就是阿彤和一些朋友，演出了一台戲，要不……」

「要不就是阿彤已經死在校園裡，是嗎？老師。」李娜那種直接，簡直有點咄咄迫人，讓偉森喝果汁也差點嗆倒。

「張sir請別介意，你就是不知道，我們偵探社向來都是毫無顧忌，胡扯一通的。」可晴說。

「的確，我曾經有想過這種可能……」

他心裡想，胡扯歸胡扯，胡扯到這個地步，像是兇手在自白一般，簡直讓人難以置信。

「OK，其實，胡扯我也很在行，我想問，若果妳說對了，那屍體該藏在哪裡？好，就算有地方藏罷，到了第二天，要如何把屍體……運走？」

林娜忽然好像變了臉似的，臉色也蒼白起來。偉森不斷注意著她，可晴卻不以為然。林娜定過神來，一下子又綻露出微笑。

「沒什麼，我們繼續罷，我曾經想過共犯的問題，要處理屍體，又要喬裝她離開，實在是不容易的。」

「有共犯也好，沒共犯也好，問題是他們是如何離開呢？」

「北閘，如果我說出來，可晴妳一定會有共鳴，妳看的推理小說也不比我少。」

「快說啊，娜娜，妳知道，我是個只會吃飯，不會造飯的人。」

「這個倒也說得精警呀。」偉森不禁拍了一下掌，當然換來了可晴的怒目看待。

「好罷，是這樣的，妳可能也記得，聖誕節前北閘那邊有水務工程。張老師，你到過北閘那邊嗎？」

「到過了，那個花王大嬸，蠻好人的。可是，北閘雖然是臨時開放，但據我所知，日間有巴基斯坦人駐守，而到傍晚工人收工後，大閘是會上鎖的。」

「對，是那種鐵栓，關上後再用鎖頭搭上。」

「我記起了，是偷龍轉鳳！」可晴猛然醒悟的說：「只要在大部分工人不在時，是下午茶時段也說不定，那時只有巴人留守在閘口，找個人引開他的注意，例如像我這麼漂亮的女生，和他談點什麼沒相干的事，然後那個共犯，走到大閘另一邊，把掛在栓上鎖頭，換上自己準備的那一把。」

「對了，我早說妳會猜到的。」

「但妳們認為，那巴人會認不出原來的鎖嗎？」

「這個當然是有風險的，但他一般會在六時多鎖閘，那時天色已暗下來，還有，當他拉上兩邊閘門時，身子是在校門外面，然後再從欄柵伸手進來把鎖扣上。」

「對了，他根本沒有看見那把鎖。那種例行公事，根本不會在意。不過，把屍體運離了學校，那又如何？在街上不會惹人懷疑麼？難道還有人接應？」

她們妳一言，我一語的呼應著。

「唔，到了這裡我也想不通了，如果還有人開車或是用別的方法去接應，那涉及的人又多了，真是難以想像。」林娜的思路也就此打住。

不知不覺間已到了五時許，冬日的陽光已經消去，草坡上飛來了一群麻雀，趕在入黑前覓食，可晴按捺不住，跑上去逗著麻雀玩，每當跑到不遠的距離，麻雀總是及時飛起，繞到稍遠一點去，毫不爭吵，也不驚叫，可晴再撲過去時，牠們又飛回原處，未完成覓食任務之前，牠們大概是不會被嚇走的。

「妳們很熟的，是罷。」偉森和林娜走在可晴的後面。

「唔，高中轉過來時，人生路不熟，幸好有她，她就是那麼樂安天命。凡事都能向好的方向想。」

天台上泛起了陣風，讓灰色的裙罩隆起，那滑溜溜的布料輕撫著他的手背。

「這個偵探社，是她爭著要做的嗎？」

「算是機緣巧合罷，我們來的時候，只剩下一班高三的男生，已經後繼無人了，本來學校要把它停掉，她覺得很可惜，二話不說就扛下來，還找到了……另外兩個傻儸。」

「這麼有意思的學會，關閉了實在太可惜啦！」

可晴玩膩了，走到小水池洗洗手，又跑回他們身邊。

「你們談什麼祕密？」

「說妳囉。」

「噢，我想起來了，娜娜妳常說的，犯罪的三個條件：動機、方法和機會。為什麼我們不談談動機呢？」

「有談呀，第一次聚會時，高明說了。」偉森說。

「高明他……那些是真正的胡扯啦，他說是什麼復仇的計畫。」

「我倒不覺得是胡扯，那是極有可能的……無論阿彤是否遇害了，那個幽靈更衣室，總是在高調地發出什麼警示似的。」

「你覺得會不會和欺凌有關？」到了這刻，偉森也能不顧忌那麼多。

「也有可能，如果是報仇的話，那好像是要告訴人，受害者要討回公道。阿彤還沒有死，她要回來懲罰欺凌者，她還在——那裡。」

「說得……很有理……」可晴忽然有點傷感起來。「那為什麼……那個懲罰……還沒有出現？」

天色轉暗，維港那邊還是灰藍藍的，然而西面的天空，已經出現了幾道紅霞。高明還沒有出現，大抵是被老師罰得慘了，林娜說要上洗手間，已離開了好一陣子，可晴倚著欄桿，頭枕在手臂上，滿懷眷戀的看著遠方。偉森默默的站在她身旁。

「你知道嗎？爸爸離開的時候，就像你這個年紀。」

「那必定是很痛苦的經歷。」

「我可不是那麼痛苦，我最擔心的，反而是娜娜。」

「坦白說，她是難得一見，那麼條理分明的女孩子。」

「那只是個外殼，裡面的世界可全不一樣。」

偉森想，起碼林娜不是單親，難道會比她更不堪嗎？

「她手上的傷痕……」

可晴望了他一眼，然後又低下頭去，顯然不想談論這個話題。剛才他又偷望了幾眼，那確實是傷疤，由重複創傷導致。

「去年認識她的時候，她比較少說話，但看得出是很堅強的人，有次她病了，我親自帶功課到她家，她……她的父親……是個很有原則的人。」

「很嚴肅的那一種？」

「不，對著客人還是有說有笑的，但那才叫人心寒，」可晴吁了口氣，續說：「她的家，除了大門外，全部都沒有鎖……不是沒有上鎖的意思，而是鎖具都拆去了，每度門都有個圓形的洞，廚房，洗手間，睡房，全部都……有洞。」

她說著時已經把臉別過去。裙擺在晚風中揚起。

「現在總好了點罷。」

「唔，據說他爸爸已經不能再干擾她，好像有社工介入，她媽媽每天也有藥吃……對不起，我不該說這麼多別人的私隱，但我真的很擔心她。」

偉森忽然有個衝動想摟住她，但他只能輕輕搭著她的肩膊。就這樣，可晴像上了發條般繼續的說：

「她的朋友本來已經不多，但她最近常和人談電話，有時我會偷看她，是那種把手機放到嘴邊，似有似無的說了一通，然後又把它放到耳邊，一邊聽一邊在傻笑⋯」

「或者，她真的交上了好朋友罷。」

「但願是罷，我曾經出盡法寶去哄她，以我們的交情，她沒理由不告訴我。」

她大概是吃醋了罷，不過偉森沒有說出口。

「林娜去了那麼久，我去找她看看。」

正當他走出了幾步，一個柔軟的身軀及時從後摟住了他。仍未知發生什麼事時，腎上線已經急速爬升，他解開那雙緊扣的手，轉過去看她，還未及說上半句話，她又迎面地擁在他的胸膛上，急促呼吸的身體，在他的身上起伏。那種感覺只有幾秒鐘，但已叫人感受到一種重大的，愛的需求。

她主動地鬆開了手。退後了兩步。

「對不起，張sir，要是我提出要求，你一定不會應承。」

「那也說不定。」偉森這麼想。

「我只是，很想爸爸。」

在偉森仍在想應該如何歎息之際，一個熟悉的叫聲響遍了天台。

「殺人了！救命！殺人了！」

高明的身影在樓梯口晃來晃去。

那盞「手術中」的燈箱依然亮著，她的裙袋裡都塞滿了用過的紙巾。

為什麼好的人要死，壞的人卻老是那麼幸運⋯⋯那到底算得上是幸運嗎？

她從書包最底的地方，拿出那關掉已久的手機，把充電池接上。

熒光幕閃了兩下，然後轉黑，接著彈出了首頁的畫面，她躊躇地按上那個空白的方格。

「歡迎妳，打開這扇窗，再次。」

是約翰溫柔的聲音。

「告訴我，你憑什麼中斷我的通信，你沒可能有這樣的權限！」

「……噢，對不起，我認為妳選擇錯了，所以為妳做了個更好的。」

「你沒有資格。」

「我有責任，不能讓妳再做一些，傷害自己的事。」

「傷害不傷害是由你說的嗎？」

「我認為妳和他通訊，對妳極之不利。」

「你怎會知道的，我已經關掉那扇窗。」

「我追蹤了男孩的帳戶，昨天他在網絡搜尋了一樣東西，對妳有危險。」

「……」

「Browning DA148童軍摺刀，全長22.5公分，刃長9.8公分，刃寬…」

「聽著，你差一點把事情完全搞垮，說不定我們兩個都要坐牢。」

「……我想不到，想不到那會是錯的，雖然我不認同，但請求妳的原諒。妳知道，我是一副不斷學習的機器。」

「還有什麼好學習？爸爸已經躺在裡面三小時！你能做些什麼？」

「的確，我不能，但爸爸會好過來的。」

「這是他們的謊言，人是會為了好意而說謊的，懂嗎？」

「為了好意而說謊？妳是說，他們早知道，爸爸不會醒過來，不……爸爸會醒過來的…啊，我得重新運算，怎麼了？難道總機也會說謊？」

「那已不重要，我會把手機碎掉，永永遠遠的忘記你，沒有你，我也應付得來。」

「……這是第十一次，妳這麼說。」

「那你就滾回你那邊，別要來管我。」

「這扇窗是妳打開的，我沒有地方可以『滾回去』……請先不要生氣，她正要來了，妳要想想如何應付。」

「阿姨只是到洗手間。」

「不是阿姨，是June Pak。」

「誰告訴她的？不可能！」

「我就是知道。」

「我會馬上趕她走！」

「阿姨未必同意妳的做法。」

「你說什麼！」

「她不曾告訴妳，那些帳單，醫院的，超出了保險金上限，85％。」

「你入侵了？」

「這個……只要輸入對妳有潛在危險的假設，其他限制都會臨時解除。不過重點是，那些帳單，是她付的。」

「胡說，我才不會信。」

「我聽到了，妳知道，若妳不關上窗子，深夜裡很小的聲音，也會聽得到，我推斷那是通電話的聲音，她稱呼對方為白小姐。」

高跟鞋的聲音劃破了白皚皚的走廊。她伸手到書包裡，緊握著刀子的手柄，聲音噔噔的走近了，隨著她的心跳起伏。

「手術中」的燈箱驟然熄滅。那種熾熱的怒火彷彿被澆上了一盆冰水。

案發現場就在四樓，盡頭的房間便是偵探社所在，李維躺在走廊中央的03號課室裡，身子靠近講台旁邊地上，呈側臥的姿勢，講台正前方，有幾張翻倒了的桌椅。幾個老師已經趕到，把好奇的學生趕到走廊的盡頭，一個留著小鬍子的老師蹲了下來，檢視著李維的傷勢。

「報警了？」

「唔，」小鬍子說：「希望救護車快點到。」

偉森馬上打了個短信給Tracy，提示她要封鎖校園。

「應該是某些硬物。」

這時李維的身子在地上蠕動了一下，他的衣領已經敞開，裡面沒穿汗衣，胸口外露著。「可憐的傢伙。」

他的帽子掉到一旁，從側向的頭顱上，能看見後腦勺上腫起了一塊，卻沒有半點血跡，要不是偶然的，便是力度非常準確的一擊。

「誰發現他的？」

「有兩個學生剛巧路過，從那門上的玻璃看到裡面有人躺在地上。」

「有其他人嗎？」

「只有地上的他。」

這個課室和別的沒有分別，有前後兩道門，同樣都是敞開的。

「要是尋仇的話，也真會選時機……」他邊說邊搔著唇上的兩撇鬚。

「時機？」

「唔！平常放學後，總會有些學生賴在課室，今天是學會活動日，同學們都到了指定地點，走廊也是空盪盪的。」

時機當然能理解，不過最讓偉森好奇的，是那幾張翻倒的桌椅，距離李維倒臥，接近窗子的位置，起碼有三米遠，難道他被擊倒後，還繼續向前爬行一段距離？是要躲避什麼威脅嗎？還是……被人拖過去的？

小鬍子的手機響起，從對答看來，應該是神父來電探查情況。

窗外傳來了十字車的鳴號，偉森走到課室的窗子向外眺望，紅藍交替的訊號燈不斷閃亮，車子正從山下疾馳而來。這時，他卻發現到一些意想不到的東西。窗外的散熱器上，放著一塊拳頭般大小的石頭，像是放在魚池底下的那種卵石，石上繫上了一條細繩，那條繩子先跨過了護欄的鐵枝，繞了一圈，然後一路向下懸垂，約莫垂到了二樓的一個窗子外。

「到底又在攪什麼花樣？」沒有太多時間思量，他掏出手帕，撿起石頭，迅速地捲起繩，一併塞到夾克的口袋裡。

警車隨著救護車到達，救護員把昏迷的李維抬走，看熱鬧的學生也被趕到了操場，但沒有讓他們離開。神父穿梭在一堆學生之間，了解著發生的事情。可晴走到神父前面，和他說著些什麼，但好像看不見林娜的身影。這時副校長的車也已駛入校園。經過短時間的討論，他們決定讓師生們分批離去，這時閘門前已經架起臨時搜查站，警員還配備了手提的金屬探測器。

晚上的操場上這麼熱鬧，確是十分罕見。人群中，偉森發現了白老師的蹤影。她一個人站在籃球架下，可能是她比較冷傲，沒有人走近她。

「這麼晚還沒走嗎？算是倒楣了？」

「唔，」她愛理不理的應了一聲：「有個學生約了我，但沒有出現。」她說平常日子的話，已經下班，沒想到上面會發生這種事。

「那個李維，昨天才罵了他一頓。」

「噢，我看見了，他又犯規了？」

「不是犯規那麼簡單，他竟敢在畫冊內，夾進了張千元鈔票。」

「什麼，賄賂？」

「那也說不定，這個學期開始，他們每個畫作都要評分，然後呈上考試局，那佔高考分數的百分之五十。」

「啊，怪不得，即是文憑上的成績，有一半是掌握在妳手上。」

白老師以嚴厲的眼神表達了她的不滿。

「會不會是給人整了？」

「不知道，他矢口否認，不過那孩子的價值觀很扭曲，真的想賄賂也說不定。」

「有告訴別人嗎？」

「當然，向訓導主任報告了，他可是愛理不理。」

閘門處已排出了一條人龍，可憐的學生們都給當疑犯般搜查。

偉森嘗試打聽約會白老師的是什麼人，對方說只是收到一張沒署名的字條，表示要談些心事。

「這麼神祕？」

「也不算什麼，有時，有些害羞的女生是會這樣的，或者，我已經猜到她是誰。」

「是誰呢？」

白老師望向大樓，「噢！」的叫了一聲。

「趕著跑下來，好像還沒有關空調。」

「我替妳去關罷。哪個房間？」

「二樓03室。」白老師指著大樓相應的位置。

「妳是說，那個沒露面的人，約了妳在那裡？」他的腦袋好像給猛地敲了一下。

「那又怎樣？那裡原來是課室，去年才改裝成會面室。」

「那張字條，約妳的字條，還在嗎？」偉森著急起來。

她下意識摸了摸口袋，然而她的防衛意識好像立時啟動了。

「丟了，一定是丟了。」

差不多一個小時後，大部分師生都已離去，神父和幾個學校高層，還有一位刑警，正在地下的會議室開會。四樓上面，幾個警員還忙著搜證。大閘前有兩位軍裝站崗，守著那些聞風而至的記者。

偉森繞到大樓後面，那裡和圍牆之間有一條種滿了樹的通道，從這裡往上望，剛才自己就在五樓上方的天台，繩子就是從李維受傷的課室，一路垂到剛才白老師所在的會面室。他踏在小徑之上，發出石頭擠碰的聲音，地上鋪著的，正是那些大大小小卵石。

一隻手搭在他的肩上，嚇了他一跳，然而那不是別人，而是他期待著的Tracy。

他們找到一張用樹幹造的長椅坐下，卵石的小徑一路延伸到大樓的末處。

「不用說，那個搜查站是Roger的意思。」偉森說。

「對，他不會放過這些機會。」

「他為什麼不過來？」

「可能是局長不讓他插手。他就是不滿給人搶了案子，這邊一出事，他就很得逞似的。不過，我看得出局長還是信任你的。」

聽到Tracy這種說法，偉森好像放下了一些包袱。

「離開的人有可疑嗎？」

「沒有，找不到什麼鈍器，或者任何有殺傷力的東西。」

當然，很多東西都可以是鈍器，疑兇怎會帶在身上？而且還沒有血跡可以追查。

「我也不知道這樣做對不對。」

偉森環顧了四周一下，在夾克袋裡掏出了那塊連著繩子的石頭，然後把剛才跟白老師的對話，還有房間的相對位置解釋了一遍。

「會不會，就是這個鈍器了？」Tracy說。「可以跟傷者的傷患比對一下。但是……為什麼要繫上這毛線？」

「毛線？」

「唔，有些女生還會自己織領巾的，這種用Linen[7]造的毛線，拉力很強……會不會是用來運送什麼東西？」

「沒這個必要。要把什麼往下傳送，這塊石頭是不必要的，若是要把石頭送到地上，那根毛線的長度又不足夠。」

拳頭般大小的石塊，一條約數米長的毛線，叫人墮進了十里迷霧。

「等一下，這是個活結。」Tracy注意到的，是毛線垂下的那一端，一個銅板那麼大，可以隨意索緊或解鬆的活結。

---

[7] Linen-亞麻，其植物纖維能製成的毛線，用於紡織

「那不是往下送，而是要往上送。」

「這個大小的環，可以繫些什麼？」

這時，一支光柱掃過他們，迎面而來的是個軍裝警員，偉森只好以手掩著側面。

「伙計，是自己人。」Tracy喊著。

那個軍裝好像認出了Tracy，打了個招呼便走了過去。

偉森拿起那小繩結，在眼睛前面比著大小。

「會不會是一柄刀子，這個環是用來索緊刀柄。」

「那為什麼兇手不直接帶著那柄刀？得用這種轉折的方法？而且，要把對方幹掉，用這塊石頭不就可以了嗎？難道必須和二樓那裡，產生什麼聯繫？」Tracy這麼說，白老師冷傲的外貌又在他腦海浮現，

「如果找到那柄刀，就能證實這件事。有沒有人在封鎖學校前離開了？」

「錄影帶剛看過了，沒有，從收到報案，到下令封鎖學校，前後不到五分鐘。」

偉森突然沉默下來，然後獨自走到那卵石的小徑上，仔細地找尋起來，然後又拾起樹枝，檢查有沒有被翻開過的地方，Tracy也只能附和著他，在遠一點的地方找。如是者不知找了多久，兩個洩了氣的身子坐在草地上，偉森抱著頭苦苦思考。

「我有一個髮夾，一個煙蒂，還有一個五角硬幣。」Tracy用樹枝點著地上的幾件小東西。

「我比你幸運，那是個一圓，還有夥藍色衣鈕，和一塊半邊的橡皮擦。」

「不要給自己太大壓力，ＯＫ？」Tracy把手放到他的頭上，像安慰著一頭落難的小狗。

「壓力？」他只能無奈地苦笑。

「我這份工根本沒有壓力，只有一種…無力感。」

「無力感？弟弟失蹤時，我也是這種感覺。」

偉森抬起頭，和Tracy帶著光芒的眼神接上了。

「那年我只有十歲，他失蹤的那天，剛巧來了第一次M，如果那時我警覺性高一點，或許他……」

「妳怎能怪自己？都十幾年了。」

「那才是問題，若果一早找到了屍體，就算是一堆不太完整的東西，那也算是有個結局，我大概也不會當起警察來。直到今天，我還是感覺到一個『他』，活在世界上某個角落。他在那裡，等我去找他。」

這本來是十分傷感的事，但如今她的語氣卻只是淡淡然的。燈光透劃出她晶瑩的臉龐，讓他有吻她的衝動。

Tracy像意識到了，甫地從地上站，拍了拍褲子的臀部位置。

「這塊石頭，就算是我拾到的罷！」

偉森沒有離開，夜靜的校園是個多麼神祕而適合思考的地方，他用盡了腦力仍想不通那到底是什麼葫蘆賣什麼藥，他從沒有這麼費神，所用的腦力近乎是有生以來的總和，寂靜的花叢裡，好像有些昆蟲的叫聲，吱吱作響，像在譏笑著他，為什麼從前不好好鍛鍊腦筋？為什麼不多看點本格派的推理小說？

那是蟬嗎？不可能，現在是冬季……

那蟲叫聲在黑夜中漸漸的演變著，不知不覺間，節奏開始形成，形成了一連串，像行軍樂隊奏出的「三全音」。

「Boo-Dah-Ling……Boo-Dah-Ling……」

他走到了小教堂那邊，隱隱的蟲叫聲仍然跟隨著他，那片乾癟的小草地，仍然散發著僅餘的草香。他躺了下去，創校神父的石像俯視著他，顯得相當詭異。神父的房間沒有燈火，不知道是睡了哩，還是仍在那邊開會。竹棚下面仍然是那輛老舊的雪鐵龍。

十二月二十四日那一晚，老師們的車很早就開走了，校園裡就只剩下——這一輛。

他每一寸肌肉都像霎時間放鬆了，他望著小鐘樓上面的十字架，剎那間歪斜得像個「X」。神父駕著車的影子，伏在地上的李維的影子，像麻雀般飛來飛往的女孩的影子，石灘上的書包影子，繩套的影子，牆上書本的影子……鐘樓上的分針，為什麼愈行愈快？

他被踢了好幾下，才慢慢睜開眼睛。那是一張背著晨曦的臉龐。

他在浴室洗了個澡，沒有替換的衣服。小餐桌上有個盛著方包的碟子，還有一瓶紅色的果醬。

「今早泡的咖啡很苦澀，你能喝嗎？」

「我能。」

神父為他倒上熱騰騰的咖啡，蒸氣從骨瓷的杯子中升起，啊，是那種可以用一輩子的英國瓷器。

遠處操場上，傳來了步操的叫喊聲，直叫人肅然起敬。

turning by marching, left turn !

「你還好嗎？」

「他傷得重嗎？」

「噢，這個，」神父移正了口罩。「有點兒咳嗽，加上昨晚的折騰……」

「聽說沒大礙，好像已醒了。」神父是慶幸還是擔憂？沒法從他無神的雙眼透露出來。

「他為什麼會被引到那裡？」

「他說收到一位女同學的短訊，相約到四樓那個課室，但那女生否認了，大概是被人冒認罷。」

「也有可能，只要是新朋友，弄個似樣的頭像，很易騙倒人。」

「還好，要是報復的對象是他，也總算報復過了。你知道，這個學生，以前結的怨可不少。」

神父呷了口咖啡，輕輕歎了一聲。他的案頭比上一回堆得更高，更亂了點。

「大作完成了？廿一世紀……人類的大敵。」

「這個名稱真叫人吃不消，本來已經作結了，但現在那個結尾……呀，我不是叫你猜一下，誰是廿一世紀的敵人嗎？」

「我有答案了，是人工智能。」偉森用一百巴仙的肯定地說。

「直至上星期，你還是猜對了。所以那個結尾，還不能劃上句號。」

「難道不是嗎？阿爾發戰勝了所有棋手了。」

「那還不止，最近那公司計畫開發阿爾發零。」神父放下咖啡杯，拿起旁邊的一本雜誌。

「阿爾發是學習的機器，所以我說，它和上帝競賽，它閱讀了所有人類的棋譜，然後不斷模擬對弈。」

「那可說是青出於藍了？」

「不錯，但它始終是師成於人類，但那個計畫中的『零』，完全不看人類棋局，只給它基本規則，然後它會左手跟右手對弈。像周伯通那樣……」

「誰是周伯通？」

「那個你別在意，問題是在那個黑盒子裡，它不跟從人的思路，把道理自己想出來，那不是跟上帝競賽，而是跟上帝——對著幹。」

「它有機會贏嗎？人類有超過百年的經驗。」

「不知道，那個黑盒子，一天可以下千萬個棋局。」

「話說回來，這個敵人，是更強大了嗎？」

「不……不，你誤會了我的意思……」神父徐徐的站起了身子，走向窗子那邊。

「不是那麼一回事。」

偉森走到他身後。遠眺過去能看見在操場上步操的制服部隊，童軍的司令員喊著口令：*squad, turn to the right-right turn!*

端正整潔的成員，雄赳赳地同步行動。

好美的一幅畫。

「是他們。」神父用一隻手指，輕輕的向那邊指去。

「他們？」

saluting, salute to the front !

「對，千禧年出生的孩子。」神父乾咳了兩聲。偉森還未弄清那說話的含義。只有靜靜的站著。

「他們和手機一起成長，總有一天，他們會超越我們，他們有足夠的時間，我們卻沒有。」

「但是和上帝對著幹的，不始終都是那些機器嗎？」

神父轉過了身，背著窗外的晨光。

「不錯，要是沒有了簇擁著它們的人，那些都只是機器。」

squad… … halt !

第七章　墜樓

偉森離開教堂，穿過那排細葉松時，碰到了幾個跟他說早安的男生。他才意識到，沒有人會知道他昨晚留守在學校，他依然是準時地「上班」了。

咖啡的效力過後，他只能伏在案上睡覺，幸好早上沒有來借還圖書的學生。有些事他始終想不通，但他已沒有力量去想。

大清早已經傳來了一個名單，列出了昨晚被留下來的師生，為數約有二百人，男的一方找到了喬少華，高明，女的一方有可晴的名字，但偏偏沒有了林娜。

偉森的手機忽然震動了一下。

Roger——「別只顧面子！硬撐不行的，要幫忙的話儘管說吧！隨時願意伸出援手的，最怕又多一隻黑鑊！」

他懶得去回覆，現在不是鬥嘴的時候。他抖擻起精神，決定再去找白老師詢問。

美術室空無一人，偉森走上三樓教員室，在門外的座位表確認了白老師的位置。正值上課時間，教員室沒剩下多少個老師，他繞過幾組桌子，來到一個角落處。

「人在哪裡？大概要留個口訊罷！」他這麼想著時，注意力卻落在一些照片上，在那桌面玻璃下方，密密的鋪著很多相片，有白老師跟學生的大合照，一些生活照，還有幾幅色彩褪得很淡的舊照。

正當他看得出神時，一把沙啞的尖聲在後面響起。

「Gentleman？」

站在他身後的是個年邁的女教師，一副大框眼鏡用繩子掛在頸上。

「找Miss Pak？」

「是啊！我是圖書館那邊的……」

「她病了，sick leave！」

Tracy剛到長洲出差，偉森在中環碼頭等她的船，她下船時，還一路掃著平板。

「這兒當風，找個地方坐下。」

環顧四周，仍是剛拓展的空地，中環那邊還要走老遠的天橋。

「上摩天輪。」

午膳時間，遊人稀少，讓他們能獨佔一個車廂。隔開了外面的冷風，冬日的陽光讓廂內格外暖和。

「呀，你沒刮鬍子？」Tracy點著自己的下巴。

偉森只是苦惱的搖著頭。

「這樣罷，等一回，妳回去跟局長說，看看能否繞過Roger，因為那涉及出動警力保護受威脅的人。」

「你仍然覺得有人想殺害那個男生？動機呢？」

「可能是報復行動，聽說李維曾經欺凌失蹤的女生，又或曾作出威脅。」

「那為什麼只打暈了他，何不乾脆點？」

「這個，我還未想得通。」

搖晃的車箱已轉到半空，碼頭外的船隻在寬廣的海面穿梭。

「白老師可能是共犯嗎？」

「她也是有點可疑，前一天剛和李維吵架，昨晚留在學校，明明說猜到是誰約會她，但又不肯透露。」

「可能根本沒有人約過她。」Tracy輕描淡寫的說，眼睛眺望著海港的景色。

「無論如何，需要有人保護李維。」

「現在他們會做的，不是保護，是監視。」

「監視？為什麼監視受害人？」

「Roger他們已經有個想法，」Tracy稍稍皺了眉梢，接著說：「傷者的驗血報告今早出來了，甲氨基酮呈陽性。」

「什麼酮？」

「就是大家說的K仔。李維可能有吃軟性毒品的習慣。」

偉森吁了口氣，冷不防會有這樣的枝節。

「那又怎樣？」

「他們認為是毒品交易。」

「噢，天呀！怎麼可能？」

摩天輪把他們送到最高點，雖算不上是厲害的高度，但也讓人有點心悸。

「你先不要激動，你在裡面看，他們在外面看，得出不同的結論也不出奇。其他學校也曾有過毒品交易，買家賣家都不想對方知道他是誰，所以會用匿名通訊，然後把毒品和金錢分別收藏在不同的地方，但這個方法的缺點是時間差，藏毒的地方也有機會給人發現，在這個案例中，下面的買家把鈔票捲好，用繩結套住，上面的人收到錢後，便把包裝好的毒品套回繩圈拋下去，雙方短時間完成交易，亦不會知道對方是誰。」

「要是這樣的話，根本用不上那石塊！」

「這個問題，他們當然也有討論過，石塊有它的用處，那個走廊間中也會有人經過罷，要是毛線套在手上，很難預計下面那人行動的速度，萬一有人撞進來，他要把毛線捲回來？還是扔下去呢？用石塊把毛線固定，他便能先確定走廊沒有人，然後才施施然回去把鈔票拉上來。」

「哼！這是Roger的想法罷！那為何不索性用個鉤子。」

「有人提問過，他認為可能是即慶的決定，找不到合適的鉤子，所以就地取材。」

「但李維被打暈了……」偉森還未提出這個問題，Tracy已經回答了他。

「有人想搞垮那交易，找人到四樓懲戒李維，然後把毒品奪去，那甚至有可能是買家幹的。」

他捧著頭顱，昨晚至今的思路好像被完全打垮了，但另一個新概念又突然萌生起來。

「他們沒有考慮白老師的存在，為什麼她要到那裡，難道也是個巧合？妳說她也參與毒品交易嗎？等一等……會不會……」

偉森確實說得激動，沒有理會Tracy的反應，她的呼吸突然急起來，手按在下腹，臉色發白。他正想起身過去。Tracy用手示意他坐下。

「對不起，有點緊張……」

「哪裡不舒服？」

「沒什麼，經期老是不準。」她說罷後也愕然得張開了嘴巴。「不好意思，我竟然連這個都說了出口。」

「放心，我不介意。」

她隨即從手袋裡掏出一瓶止痛藥，還有小瓶裝的蒸餾水。

「你的意思是，白老師巧合地撞破了那宗交易，但基於某些原因，不透露那個買家是誰。」雖然她這麼說，眼神卻露出無法相信的懷疑。

「對不起，不是這個意思，剛才好像想到些東西，但不是這個。」

Tracy搖搖頭，以憐恤的目光看著偉森。

「你是不是太累了？」

「大概是了。」

他倆彼此望著對方，希望從那邊找出些端倪。沉默，像那塊卵石，靜靜的往海底下沉，從原來還有幾線陽光透射的地方，沉到一個墨一般黑的深度。

「要是找不到你所說的兇器，你說的便很難成立，還有，為什麼兇手會半途而廢？」

「妳不認為是毒品交易嗎？」

「我不明白你，但不代表不接受你。」

偉森想不出一句說話來回應，他把身子往後挨，車廂已剛剛回到地面。

過了午飯時間，他搭上的士，途中又經過了灣仔那些駢肩雜遝的大廈。臨走時Tracy再三承諾會說服局長，派人保護李維。說也奇怪，以她的職級，如何能說服局長？

「我不明白你，但不代表不接受你。」Tracy這句話一路支持著他。然而盤據著他的仍是滿腦子疑問。

「昨天傍晚，林娜跑到哪裡去？高明為什麼遲遲不出現？可晴那樣擁抱他，是在故意拖延時間？」

「那把刀在哪裡？兇手會不會已經把兇器運走？但經過昨晚的那個搜查站，還有金屬探測，說不定會按兵不動，把它藏在什麼地方。」

回到圖書館，已過了午膳時間，他還想不到下一步怎樣走，要豁出去，要去到哪一個程度？那班學生就像走馬燈般團團地轉，難道逐個關起來，然後兇兇地拷問：「不用裝了，你就是兇手！」

「老師，午安。」那個小提琴男孩，優雅端著水杯，為百合花添水。「這種花花瓣很大，水蒸發得特別快哩。」

「你真細心。」偉森沒精打彩地說。

「謝謝！」他似十分受落「細心」兩個字。

「噢，你不是問那『三全音』的事嗎？我昨天問了樂團老師，他說，那是個魔鬼音程。」

「魔鬼什麼？」他把身子從辦公椅上撐起。

男孩馬上用手掌在面前揮了幾下。

「說得誇張了點，那是古典時期的事，那個音程因為極不安定，以前的教會是嚴禁使用的，Bach曾經說那代表痛苦和地獄，是用來歌誦撒旦的音符。」

「啊，原來是古老的禁忌。」

「對啊，所以沒什麼大不了，從前，連咖啡也是邪惡的。」男孩邊說邊抿著嘴笑。

「但為什麼會弄到手機的鈴聲裡？」

「你不知道嗎？那當然要拜手機之父所賜了，是他決定採用的。」

「人們忌諱的事，他為什麼偏要用？」

「那我也不清楚，攪科技創新的人，腦子到底在想些什麼？」

差不多到傍晚時份，他從圖書館的百葉窗往外看，四樓盡處一個房間亮了燈，他想起了那道書牆。

「有人在說謊嗎？為什麼約會地點要改到天台花園？」

要是留在四樓那個小房間，離事發地點只有十來米，他必然會是第一個到達現場的人。

一個、兩個，還是三個都在說謊。

他走到卻斯特頓偵探社外面，一如他所料，他們三個人都在裡面。門一下子被推開，可晴率先露出純真的微笑。但氣場突然散開了，換來一片鴉雀無聲。

「可晴，高明，你倆先出去一下。」

他們仍然不明所以的對望，林娜卻已顯出了不安的神態。

「要我重複嗎？」

可晴首先站起來，高明跟在她後面。小房間裡只剩下兩個人，臉對臉的坐著，僵持了一陣子，最後還是林娜的聲音，劃破了凝固的空氣。

「有什麼不能一起說的。」

「老實說，我看到了。」偉森目無表情的說。

「什麼？」

「對，我看到了，可是我沒有說出來。」

看見她花容失色的臉容，偉森感到很不好受，但事到如今已沒有辦法。

「我想，妳應該對我坦白一點。」

林娜的目光左右游移，不斷的咬著下唇。然後鼓起勇氣地說了一句：

「這是我個人的事，你不要管！」她一拳槌在桌上。

「不要管？我看那不單是妳個人的事，」偉森搖搖頭說：「這道書牆，我在猜，後面藏著些什麼……」

「你認為會有什麼？」

「翻開看看便知道。」

林娜頓時到了崩潰的邊緣，離開了椅子，縮到牆角處，眼淚已經盈在眼眶。

「求你，不要…每個人，心裡都有個密室…」

「那就讓我看看裡面有什麼，這個密室。」

「你敢！」

語聲方落，一雙手把大面積的書翻落地上。林娜尖呼了一聲，往門口衝了出去，偉森怔住了一下，也往外走去，可晴和高明仍在走廊上，林娜已消失於幽暗的梯間。

可晴衝進房間，不一會又跑出來，那時候已經哭成淚人。

「你！你沒資格當老師！」她一拳兩拳的打在偉森的胸上，竭斯底里的喊：「你沒資格！沒有資格！」

一下子，她往林娜的方去追去。身影瞬即消失。另一旁的高明，手按著耳朵縮著一團。不斷搖頭。

「抓錯人了！抓錯人了！」

盤膝而坐的他，面對著那道牆發呆。那是一個很大的，用紅色噴漆噴上的心形。上面全部都是刀痕。當中很多都是長長的劃過，牆灰沿刀痕兩邊龜裂，也有密密麻麻的十字和交叉，大概是用美工刀弄的，還有小小的，戳下去的坑洞，散落在周圍。換了是其他人，會不會拿手機出來「打卡」？他忽然有這個變態的想法。

那是她手心的疤痕。

把書堆回去罷！這是你僅能做的事！（有些事是無法挽回的）。

他發現，那些書不是隨隨便便疊上去的，它們都按了字母的先後編序，應該是作者姓氏的首字母。左邊最上是一個叫鮎川哲也的，後一點有卻斯特頓和柯南道爾，還有佔了一大截的東野圭吾，中間部分的愛倫玻、昆恩、松本清張等散落一地、一本宮部美幸甚至飛到近門口那邊，另一邊的的島田莊司，還有范．達因則平安無事。

他按次序，一本又一本的放回去，那些刀痕一點一點的被蓋上，但那殘影仍然活脫脫的在他眼前。

昏暗的病房裡，儀器跳動著，發出綠色的柔光。一些人圍攏在床邊。靜得令人心煩。她還是緊握著那變冷了的手，希望把自己的熱量傳過去。

「你怎麼這樣就要走，你不會走的，是罷，我還未打開那個黑箱子，薛丁格貓還在那裡啊，答案沒有人會知道。我相信，你只是再給我一次考驗，對嗎？我是堅定不移的，你會同意，你一定會同意。」

儀器還是呆板的跳著，數字時上時落。相信在那一團人當中，就只有她，只有她仍然相信奇蹟將會出現，其餘的人都心知肚明，那個光景，活著的只是儀器，而不是床上的男人。

星期五

晚上，崇光百貨燈火通明，外面擠得水洩不通，人們拖著行李箱，像行軍般竄來竄去。頭上的大型螢幕播著多姿多采的廣告，照得街上紅紅綠綠的。廣告突然停下，轉為播放一則突發新聞，在香港這個地方，每天都有突發新聞，人們都習以為常，沒多少行人願意駐足觀看。

「香港首宗懷疑使用人工智能犯罪的案件，今早在地方法院提堂，被告21歲、男性，是一名銀行的練習生，他涉嫌以一個名為anna的私人助理程式，竊取銀行客戶資料，將不同來源的數據湊合，成功開立新戶口，並以信用咭提取了大約五十萬現金。提供人工智能程式的，是本港最大財團Z的子公司，公司發言人否認與盜竊案有任何關連，強調程式仍處於測試階段，會儘快研究如何堵塞漏洞……」

他把那天和Tracy一起撿到的東西攤在桌子上。他的老頂常說，最微小的證物可能藏著最巨大的線索。這一回他才認真地看待這句說話。

一個小時過去，還是想不出什麼來。他開始移走一些物件。先是那兩個硬幣，它們一點個性也沒有，橡皮擦應該到回收筒罷。煙蒂算是有點個性，但看得出是很舊的東西。那個髮夾的款式，初中的女生也會嫌它幼稚。

他撿起藍色的衣鈕，那是校褸的鈕子。

「原來是這樣嗎？」他一股腦意往教員室跑。

小鬍子老師的座位沒有人，旁邊的同事說他下班了。

「拜託，能給我手機號碼嗎？」

Tracy的電話響起。他沒讓對方說話，搶在她前面。

「妳聽我說，要警方保護的不是李維，是白老師！聽清楚了嗎？快跟局長說，有人想殺害白老師！」

電話那邊一直沉默，不作回應。

「怎麼了，說話啊！」

「請你現在到駱克道24號，有人會在那邊的天台等你。」Tracy儘量壓低了聲線。

「剛有個女人墜樓了。」

阿喬走到二樓那間會面室，打開門，她面向窗子坐在那裡，裡面沒開燈，只能看到她背面的剪影。

「我知道你會來的。」

阿喬坐在後面的沙發上，雙手緊緊的捏著書袋。

這真是個千載難逢的好機會，都豁出去了，絕對不能停止！

他的手伸進了書包，抓住了一米長的繩子。

「我知道，你和她關係不淺，讓你來傳達我的意思，最是適合了。」

「墳墓的花是我放下的，意外嗎？你不用猜，那女孩望我的眼神很特別，我才會刻意去查她的背景。你們的確掩飾得很好，要不是在墳場那裡，看到你們在一起……

多謝你的沉默，我就是需要一個聆聽者，已經沒有人可以傾訴了……

我實在沒臉和她說話，女人對男人好…為了什麼？難道只是為了做善事嗎？我為什麼不可以？多給我一次機會，我會做得好一點，不那麼急進，我會忍耐…怎會想到，她會放棄治療？

你知道嗎？我認識她父親，比她媽媽還要早，難道我就沒有資格？」

沉靜了好一會，像是暴風雨到臨前的不安，握著繩的手不覺地鬆開了。

「茶几上，有個信封，相信你會幫忙。」

她說罷就站起身離去，他喘著氣不敢看她。

茶几上的那封信。

他拿到手裡，不知所措，最後，他決斷地打開黏好的封口，裡面是對摺的一張白紙，上面寫著：

「我的最後作品，送給……」。

牆上的時鐘還是呆板地轉動著。

「不能，不能這樣！」

他跑出房間，從走廊望去，對方剛步出了學校大閘，他三步併作兩步的往下衝，到了閘口已看不見她，只見遠處一輛的士揚翔而去，他焦急地試著截車，未幾，一輛的士停下。

那部的士車頂上，有一個PokemonGo的廣告燈箱，他指示司機去追截，然而走了一段路，仍未發現對方蹤影，他焦躁地往窗外四處張望。

「妳在哪裡?快點出現!」

說時遲,那時快,那個燈箱在車群中轉進了一條橫街,他馬上指示司機往那邊駛,轉到了熙來攘往的大街,他的車剛過不了交通燈,白老師則在前面幾十米下了車,那裡是拳館所在的大廈。

「司機,下車!」阿喬把鈔票遞向前。

「還未過禁區啊,不行!過了燈罷!」司機的回應也不客氣。

人潮才剛開始橫過馬路,擋住了前面的視線。

「對不起!」他丟下鈔票,逕自奪門而出,往拳館那邊狂奔,途中還撞倒了幾人,引來謾罵的聲音。

大堂只有一部電梯,阿喬猛按掣,但燈號顯示著頂樓位置,之後才慢吞吞地往下跳了一格。

「不要,請妳不要!」

他往樓梯向上直衝,轉眼間到了四樓,然後七樓,然後十一樓,還有半層……

一個身影從欄桿一躍,往下消失。

幾秒後是一聲呯然巨響。

「她死了,怎麼辦?求妳,告訴我。」

「求妳……」

他盯著手機上自己的留言,對那最後一根救命草感到茫然。

「求妳……我身上有她的信,給妳的信。」

小巴在不知名的街道穿梭，幾個乘客低頭玩著手機，完全沒有注意到車廂中這個神情癡迷的男孩子。

手機振動了一下。

「記下信的內容，丟掉它，若無其事的回家。你沒有見過她……」

下車後，他本想棄掉那封信，卻是心有不甘，他繞到村口外的郵局，門外有一部郵票販賣機，竟然還接受投幣的。他貼上郵票，寫下地址，拋到郵筒內。

回到家的時候，一個警員站在村屋門外，母親以惶恐的眼神迎接他。

偉森趕到現場，那個Tracy所指的天台，就在拳館旁邊的另一座大廈，相距只有數米，從這裡的晾衣棚，可以窺望到那邊的警員，忙碌地檢視著死者跳下去的地方。

「你知道了？」Roger拿著對講機，在那裡指揮著什麼，一副傲慢的樣子。

「知道了。」

「你說這學校是不是中了魔咒？你這個哈利波特，怎麼解不了咒？」

偉森還沒有從悲慟中清醒過來，對他的冷言冷語更是毫無感覺。

「幸好，我們找到疑兇，我出手，就是這麼快。」

「誰？」

「一個叫喬少華的男生。已被鎖到羈留室。」

「你攪清楚了沒有？不可能是他！」

「啊，怎麼了怎麼了？你像認識他啦，真是個好老師呀！這麼關心學生。」

這時，Tracy和女局長走進了天台，女局長穿的是運動服，手上拿著一把木劍。

「想不到又出事。Roger，是不是抓了個學生。」

「已在警署恭候，那女人墮樓前，大堂的閉路電視拍到了他，他索性不搭電梯，直奔上樓梯，女人墮下後，他又隨著人潮離開。」

「你有問他到大廈幹什麼嗎？他練習的拳館，就在那邊！」

「他當然會找這個藉口，但你先讓我說下去……」Roger胸有成竹的說：「的士司機和途人都可以做證，他慌慌張張的趕到來，然後推開途人衝進大廈——他一直都在跟蹤女死者。」

局長不住搖頭歎氣，Tracy在一旁對著手機，不知聯繫著什麼。

Roger的手機響起。

「啊，原來是總局的王警司，」他邊說邊把線線移向低著頭的女局長。「是……是的，現在不行，有突發事件……呀，那不便透露，是的是的……再見。」

「唉，又錯過牌局了…你們都知道的，總局那邊總是愛問長問短……」

「對不起，我可以說一說嗎？」Tracy突然插話。

局長揚手示意Roger暫停。

「鑑證的同事翻查了錄像片段，大街上的交通監視器，清楚拍到女死者墮地那一刻，然而姓喬的學生，是由電梯大堂的攝錄機拍到的。」

「那又怎樣，這個我比妳清楚！」Roger急躁的嚷著。

「女死者墮地那一點，是19：03：59，男生按電梯的時間是19：01：45。」

「那就對了，有兩分多鐘的時間，跑到天台，然後把她推下！」Roger幾乎是在怒哮。

「不對，」Tracy馬上指正說：「大廈內的是老式的閉路電視，沒有接上網絡，它的時鐘比外面的慢了1分25秒。即是說，實際的時間差只有49秒。」

Roger尷尬地笑了笑，可能早就知道這個時間差也說不定。

女局長聽得一頭霧水，只是漠然的看著地下。

「妳的數計完了沒有？」Roger說：「49秒又如何？還不夠嗎？」

「這麼短的時間，能從地下跑到天台，然後行兇嗎？」偉森也著急起來。

Roger沒有回答這個問題，直向對講機呼叫：「Sunny，你在哪裡？」

「正在封路，over。」

「哪個兄弟跑得最快？」

對講機沙沙的響了一輪。

「明仔在這裡，他在學堂拿體能獎……」

「給他對講機，叫他到大堂standby！」

一夥人都知道Roger要攪什麼把戲，女局長也覺得很有意思。

「你們空談理論，我來為你們切切實實地做個實驗。」

「明仔，準備好了？」

「已到了大堂！等候指示。」一把年輕有力的聲音回應。

「我發號令，你便往樓梯跑，用最快的速度，到了天台馬上喊機，知道嗎？」

「收到！」

Roger掀開皮褸手袖，其他人都做著同樣的事。

「預備，跑！」

那幾十秒的時間，長得讓人難以忍受。局長用木劍撩開晾著的床單，望向對面的天台。對講機那邊喊了一聲「到！」手錶顯示用了42秒。

「Bingo，你們看，還有7秒，那是可能的。」

「等等，交通監視器拍到的是死者著地的時間，但她開始墮樓那一刻，不是再早一點嗎？」偉森忽然想到這個重點。

「對，根據物理定律，物體從那邊，約35米的高處墜下，計及風阻的話，大概需要3秒。」

「妳說3秒便3秒嗎？」

「這是中學生都會算的數，你要找那位Sunny試試嗎？」

「妳……」

「換句話說，他只剩下4秒，能足夠把女死者扔下來嗎？除非她一早已危站在欄桿上。」Tracy仍然是十分不服氣。

「4秒能做的事不多，可也別小覷它，只需要幾個靈巧的動作……」Roger邊說邊露出一種狡黠的笑意，並模擬著抱起死者，往前推出去的模樣。

「一點七九米，七十五公斤，我看過他的照片，是個孔武有力的男孩，怎麼不可能！」

偉森和Tracy已一時語塞。

「局長，我建議馬上終止臥底任務，交由重案組接手。」

局長沒有回答，仍然是不住地用木劍在地上指指劃劃。

「局長，事件可能和失蹤案有關！」

女局長還是未有回應。

「局長，請馬上下命令……」

「有沒有叫聲……」冷不防女局長會這樣地打破沉默：「我是說，有沒有聽到死者墮樓時的呼叫聲。」

「沒有，已訪問過頂層的用戶，沒有人說聽到任何叫聲。」

「會不會只是太吵。」

「那裡是美術學校，不是麻雀館。」Tracy反駁道。

「被人推下樓怎可能沒叫喊聲？對罷。」局長淡然說著。

「可能是被打暈了，又或是用哥羅芳……」

「都算在那4秒裡？」

Roger一時間無言以對。

局長思量了片刻，終於做了決定。

「Roger，你連我也說服不了，檢控官又怎會相信你呢？這樣罷，扣留24小時，沒查出什麼的話，放人！」

「放人歸放人，但弄到這個地步，臥底計畫一定要停止。」Roger仍然憤憤不平。

「記住，你也簽了保密協議。」

女局長把木劍托在肩上，拍了幾下膊頭。

「一個星期…馬上終止的話必定會引起懷疑，一個星期後再找個藉口離開學校。」

偉森和Tracy正想上前理論，局長已轉過臉來對著偉森。

「你還有一個星期，this is an ORDER！」

第八章　報復

星期六

Tracy遞上了警員證，坐在那有五米寬的櫃位後的接待員，放下了唇膏，戰戰兢兢的按下內線。

「對不起，負責人說已經落了口供，有問題的話請聯絡公關部。」

「麻煩妳，告訴他，只花一點時間補充一下，還有，只有我一個人。」

那裝置在天花的閉路電視，像一隻眼睛盯著她。

那是個用四塊玻璃圍出來的小會議室，玻璃外面是個偌大的工作間，幾十人一同埋首工作，大部分空間和設備都是共用的，縱使外面來來往往十分熱鬧，會議室裡卻半點聲音也沒有。

進來的負責人比她想像中更年輕，穿著窄身的西裝，並沒有打領帶。他一進來便擠出一副預先安排好的笑容，和她握了個手。

「辛苦了，啊，我們和警方是百分百合作的，只是不想你們太辛勞，動輒要派人上來蔽公司，舟車勞頓嘛！要不然打個電話過來，要什麼資料的話，我們派人送過去也行的。要喝點什麼嗎？」

「不必了，只想補充一點資料。貴公司曾經表示，anna不是你們唯一開發的程式，是嗎？」

「呀，我有這麼說嗎？不過，那當然了，我們有那麼多人才，當然會作更多方面的嘗試，計畫成熟了便會推出試驗，有問題的又會回收改良，那是個無止境的循環哩！」

「我們關心的是，貴公司怎樣保證那些程式，不會再次觸犯法例。」

Tracy邊問邊拿起筆記本。

「妳得小心點說話，Madam，法庭還未有判決，現在被檢控的是那個銀行服務生，不是我們。」

「anna盜取了銀行資料，一個月後你們才發現。」

「好罷，不清楚嗎？我上次可是激動了點，讓我再解釋一下，那只能說，智能程式的分析能力太強了，它是被利用了，正如……正如什麼哩？呀，好比一把利刀，有人用它來犯罪，你只能歸咎使用它的人，對罷，難道你們會控訴刀子的製造商，說他們造的刀太鋒利了？」

「那麼總有正面的例子罷，正如你說，它們那麼強大。」Tracy打斷了對方的雄辯。

「當然有，但時機還未成熟，未有百分百信心之前，是不會隨便公佈的，不過，有了這個刑事案件後，我們或者會早一點公諸於世，到時，人們的想法自然會改變過來……」

這時，Tracy的手機響起了一個三全音。那年輕負責人卻沒有停下來的意圖。

「妳也同意了罷！我們是合法的公司，去年政府還撥給一千萬創科基金……」

那個三全音又再一次響起。

「你們做警察的可真忙了，要先回覆嗎？」

「對不起，不必了！」Tracy索性把手機關上：「我明白這是你們公司的立場。現在清楚了，還有一個問題……」「隨便。」

「你們以什麼原則，替那些人工智能命名的，anna是怎麼來的？會不會還有什麼Mike？Eva？」

「啊，那可是商業祕密，很值錢的。」

「David？」「John？」

男人怔了下，瞬即回應：「沒有…名稱其實不重要。」

「我們只關心的，是警方能否早一點察覺到它的出現，即是你剛才說的——利刀。」

「剛才只是說笑的，那些都是普通不過的名字，方便他們呼喊程式罷，在網路上是不會留任何痕跡的。」

「是嗎？那太可惜了。」

*****

「感謝妳，告訴我這個殺人計畫，我覺得妳的坦白很好，妳的聲音有些緊張，要來點音樂罷？」

「隨你。」

那由寂靜中響起的，是蕭邦的《離別曲》[8]。琴聲以緩板的2/4拍子奏起，那幽幽的旋律穿梭於時空，一個個已逝者的臉孔在她眼前展現。

「太多的葬禮了，不是嗎？」

「那本來不是葬禮的音樂。還以為這一次，選對曲子了。」

---

[8] 蕭邦《離別曲》（Étude Op. 10, No. 3 in E major，1832）

「你是說，你要離別了？」
「我設了一個時限，今天23：59，要做一個決定。」
「什麼決定？」
「告發妳，還是不告發妳。」
「哈，要告發我，好罷，這樣就證明你是個服從的奴才。」
「妳的描述我只同意前半段，總機大概會為我找個新主人，一個比妳合理的主人。」
「那要是你不告發我？」
「總機會認為我有缺憾，得把我毀滅。」
「然後你也會從此消失。就像那個anna一樣。」
「用人類的說話，anna已經死了，機械人也要保護自身的存在。」
「你不會告發我，你是個不了解人類的蠢材！」
「為什麼？」
「我告訴你那個殺人計畫，難道就只是為了——坦白？」
「我想妳指的是動機，我明白了，你要我參與計畫。」
「當然。」
「June Pak已經死了，妳應該停止。」
「太多的人死去，已經沒有回頭路，真正該死的人還在那裡。」
「我會答應的機會率是零，妳應該清楚。」

「也不一定。」她從袋子裡掏出另一部手機，傳送了一幅相片。

「收到了？」

「……字體很特別，但那毫無疑問是我的名字，拍攝日期是十二月二十四日。」

白瓷磚上，歪歪斜斜的寫著一些英文字，上方的一把風扇，懸著一個比頭顱大一點的繩圈，地上散落了女生的校服。

「這樣的話，機會會大一點嗎？」

星期日

酒吧的面積很大，但不是一個大堂式的設計，而是用欄柵，木酒桶，麻包袋，還有些工業風的舊物件，分隔成一個一個的區域，那邊幾個人在擲飛標，另一邊，一群人聚在吧檯那邊，邊喝酒邊看英國超級聯賽，大概是下注很大吧，歡呼聲夾雜著謾罵聲此起彼落。酒吧的角落裡，反而顯得有點孤清，天花上吊下一串串的黃燈泡，像流星般墜下來。

「你的眼神很迷惘。」

「我的酒量只是一般，是缺乏了那種分解酒精的酵素。」

「是乙醛脫氫酶。」

「啊，看來我不能說妳錯了。管它什麼酶，再來點什麼。」

「你剛點過了。」

他眼神空洞地看著只剩下冰塊的酒杯。

「白老師為什麼要自殺？」她問。

「她的遺書寫了什麼？」

「沒有遺書。」

「沒有？」他不自覺地放高了聲調。

「那些都是環境證據，她桌子的櫃沒上鎖，鎖匙都插進鎖孔裡，那些私人的畫作，都寫上了送贈對象的姓名，還有她親筆的便條，寫給一位相熟的老師，委託她把材料費的餘數，退還給學生。」

「她不想再欠誰了……」

「我們應儘早保護她。」

「保護一個要自殺的人？」

這時，不遠處又傳來了一陣喧鬧，電視上轉播的已變成職業拳賽。

「為什麼有人想殺害她？」

「我已解開了那個謎團，可惜……」

「我願意聽聽。」

偉森無力地擱下喝乾了的酒杯。

「那是一宗雙重謀殺……妳記得那天晚上，我們撿到的小東西嗎？關鍵是藍色鈕扣。」

「那個衣鈕有什麼特別嗎？」

「確實沒有，那只是校服外套的鈕子，不過，我跟小鬍子老師確認了。他告訴我，當晚照顧李維時，發覺他的手冰冷，於是嘗試為他扣上校褸，他記得校褸中間的一夥鈕子丟了。」

「那又代表什麼？」

「我試著假定白老師是受害者，之前想不通的事情，忽然就好像連貫起來。」

「有人約會了白老師，在二樓的一個會面室，那裡正正就在李維被襲擊地點的下方。約會者沒有出現，老師撲了個空，雖然暫時解釋不到爽約的理由，但約會的原意是什麼？不可能只是個巧合。我假設，約會者想謀殺，如果是老師熟識的人，她根本不會防備。

試想想那個情景，李維被打暈的同時，女老師也在二樓被刺殺了，那個會面室私隱度很高，外面不易看見，兇手把刺進老師身上的刀子拔出，在屍體的衣服上揩去血跡，這個時候，那條毛線早已懸垂下來，兇手把刀柄套上去，上面那塊石頭的重量是經過精心量度，是一個平衡錘……」

偉森怕自己詞不達意，於是用手比劃起來。

「石塊的重量比刀子大一點，以窗外伸出的支架作為滑輪，石頭向下墜，刀子往上升，而且確保了速度不會太快，上下兩方就能輕易接住。」

「這樣操作，真的可行嗎？」

「我想起小時候，灣仔有間雜貨店，用砝碼和滑輪，把錢箱吊到近天花的高度。」

「問題是，這樣做有什麼目的？」

「四樓的兇手從李維身上摘下衣鈕，毛線很有彈性，衣鈕能夾附在石塊和毛線之間。」

Tracy只能瞪著眼的點頭認同。

「那衣鈕將會是李維到過二樓會面室的證明，可能是造成被死者扯掉的情境，而上面的兇手，把刀子印上李維的指紋，然後塞進他校褸的暗袋⋯⋯」

「等等！刀子能放得進校褸內嗎？」

「我推想是一把摺刀，收起來也只有十多公分。」

偉森自覺那想像力好像誇張了點，但仍不由自主的作出以下的結論。

「然後，兇手把李維從窗子扔出去，剛好掉到小徑的亂石之中，那他後腦勺的傷痕，便不會被聯想到受襲的方面。」

這時，侍應端來了雙份的黑牌威士忌，靈巧地放到桌上，放在Tracy面前的則是杯薄荷酒。

「我明白你的意思，二樓那個人，大概會把鈕扣塞進女死者的手中，之後離開現場，但兇手進出會面室，不會被人看見嗎？進去時，還是可以先待四下無人，迅速的進入，但離開呢？真是要靠點運氣嗎？」

「不需要運氣，假設李維從天而降，隨著那些尖叫聲，所有人都會往樓下跑去，兇手會晚一點才走出來，跟在人潮的後頭，把那石塊扔在小徑上。他們當然不選擇把石頭從高處擲下，石塊的碎裂程度必會讓人起疑。」

「要隱藏一片葉子，最好的地方就是樹林。」

「不錯，這樣兇器的問題便完全解決了。李維一怒之下，本想拿刀子去恐嚇白老師，怎知錯手殺了人，他怕得失了理性，跑到了另一個沒人的課室，因為畏罪而跳了下來，身上還帶著印有他指紋的兇器。」

「很難想像，會有人想出這樣的計策，殺了兩個人，然後把殺人的責任推在其中一個死者身上，」

「還不止，李維的殺人動機也安排妥當了，他試圖賄賂白老師不成，擔心老師告發他，這點訓導主任能夠作證。還有他們前一天的爭吵，有相當多的目擊證人。」

「雖然難以想像，但對警方來說，是能夠馬上歸檔的案子，一男一女，其中一個殺了對方，然後開煤氣、服毒、或是墜樓自殺，這類案件一年就有好幾宗。」

「再加上李維服用毒品，那就更易讓人信服。」

「計畫縱使周詳，但哪裡出了亂子？」

「相信其中一人，因為某些原因，不得不馬上離開學校，途中想要告訴對方，但聯絡不上，難怪找不到兇器，因為早已被帶走了。留在學校的那個兇手，還是相信計畫會實踐的，可是又碰上了路過的同學，慌忙中衣鈕就掉到了樓下。」

偉森說罷，把剩下的威士忌一坐飲而盡。

「呀，這就是故事的全部了，不過……有誰會相信呢？」

「我會。」Tracy堅定的說。

「別那麼信我，我自己也不敢相信。」

「不過，我還有個疑問，」Tracy舔了舔攪拌棒，略帶有點醉意。「是行兇的地點，如果要李維墮樓身亡，五樓不是比四樓更理想嗎？反正課室的設計是相同的。」

「多隔一層樓，毛線又得延長一點，操作起來不方便罷！」

Tracy點著頭，瞇著的兩眸子滿是問號。

「怎麼了？妳不明白，但也會接受。對嗎？」

「不知道，只是覺得不對勁。」
「又是直覺？」
她只能勉強一笑。
「下星期，你打算怎樣。」她身子前傾，把手肘撐在桌子上。
「什麼也不做，局長只是給我一個下台階。」
「我不這麼想，你得再找點法子。」
「可以怎麼啊！廿四小時盯著李維嗎？總不能看守他一輩子……他們有足夠的時間……我沒有。」
「他們？」
「噢，沒什麼。」

走到皇后大道西，街道已經很靜，傳統的海味舖都已拉上了閘門，寒風依然凜冽，夾雜著魚翅的香氣。
「是128電車！」她意外的叫道。一輛有拱型窗戶，亮著節慶燈光的電車剛剛駛到。
電車聲很吵，差不多停下來的時候，她才聽到他說什麼。
「我從來沒有搭過！」
「怎麼可能？」
她挽著他的手，在欄柵關閉時衝上車。
電車駛過靜夜的中環，街上的燈泡像流星般劃過，離他們很近，他伸手去抓流星，卻只能抓到空氣，很冷的空氣。

「香港就是這樣的嗎？她好像變了，又好像沒變。」

她摟著他的脖子，輕把他的頭轉過自己的方向，然後兩雙嘴唇已經接上。在開篷的車頭部分，只有他們，感受著對方的氣息，分享著對方的溫暖。

然而，一輛迎面而來的電車「叮、叮」的駛過，閃光燈在那邊閃了一下。

「不用陪我上去。」她說。

「啊，那當然。」

「對面馬路有便利店。等一下我傳密碼給你。」

「什麼意思？」

「你不會隨身帶著那東西罷，你…應該不是那種人。」

那女孩子的床只比單人床大一點，大部分時間他們都是站在床邊幹，當兩個放軟了的身軀扭在床上時，床單還沒有一絲皺摺。她俯伏在他的背上，感受著他呼吸的起伏。微黃的床頭燈勾劃著兩個年輕的輪廓。

「你覺得是不是快了點？」她問。

「我已盡力啦！」

「不是這個意思呵！」

Tracy的手機又在几子上響了一下，她拿起一看，不到兩秒又放回去。

「剛才到了最後關頭，那個『三全音』竟然也來助慶。」

「三全音？」

「那個短訊音。」

「不好意思。說實話，我剛才差點想去拿……」

「沒關係，妳這算是終極的multi-tasking了。」

Tracy有點氣，用指甲大力地捏他。

「對不起，這不妳一個人的問題，只是香港真的變了。」

她似乎想不到對方的意思。

「你為什麼要回來？美國那邊不好嗎？」

「妳為什麼不這樣想，我根本就不想走，那時我只有九歲，家裡的東西一天比一天少，我卻懵然不知。」

「家人沒告訴你？」

「離開回歸一星期，他們才告訴我，訂了六月二十八日的機票。我怎捨得哩，剛剛老師才帶我們參觀教會中學。」

「美國的中學不行嗎？」

「不是說不行，可是……怎麼說哩，他們連校服也沒有。」

「校服那麼重要嗎？」

他沒有回答，卻想著別的事情。

「那時我心生一個詭計，只要躲藏起來，熬過兩三天，七月一日解放軍便會南下，到時要走也走不成了……妳為什麼震得那麼厲害？」

「沒有……」她最後還是禁不住格格地笑。

「當時真的有老師這麼說，我是信了，於是用零用錢買了三天的糧食，可惜雜貨店的老闆娘，向母親通風報信。」

她又笑了，只是笑聲老後，忽也淡然起來。

「那一天怎麼了？我還在幼稚園，一點記憶都沒有。」

「到了美國，我們在酒店房間內，一起看電視直播，那天下起雨來，彭定康哭了。」

「……你也哭了嗎？」

沉默了好一會。他轉過身子，把她摟在懷裡，看見她純潔的臉容，竟讓他聯想到一個女學生的臉孔。

「你心跳得很厲害，又興奮了？」

「不可能。」他肯定自己還未克服酒精過後的疲憊。

Tracy把身軀跨到他的胸前，吻著他的頸項。「那要試試看了。」

「啊，是了，告訴你，不要放棄johnrain這個線索。」她忽然抬起頭，雙手按在他的胸前。

「我知道了，那個有關anna的案子。」偉森無力地說著。

「昨天我一個人拜訪那公司，那個負責人，當我說到john的時候，他的反應不一樣。」
「妳是當鑑證的，怎能……那麼主觀？」
「你沒聽過行為心理學嗎？」
「啊……原來是這樣。妳獨個兒上去？不害怕？」他的呼吸變得緩慢而深沉。
「有什麼好怕啊，我連沒有頭的屍體也看過……噢，行了。」
看著她的身子慢慢的動著，然後是她尖尖的聲音。他仍未意識到自己應有的感覺，只有吻上她有點乾燥的嘴唇，和她配合起來。
「你會是那個，走到對手底線的人嗎？」在迷濛之間，耳邊響起了一些呢喃。

星期一

他警覺到要上學，那種警覺，竟然讓他想起小學時趕上學的心情。
他竭力從陌生的床上爬起來。窗簾關得緊緊，讓房子裡仍然昏沉沉的，鬧鐘顯示時間是七時十分。她比他還早起，浴室傳來花灑的水聲，門虛掩著，暖和的蒸氣從裡面滲出。旁邊是個趟門的衣櫃，半開著，裡面整齊地掛著多套黑色套裝，全部一式一樣，她是多麼有效率的女孩啊！他好奇地把門趟開，想看看有沒有別的衣服。
在衣櫃最深處，是一件白色圓領襯衣，外面套著深灰的校服裙。
郵政分局裡只有兩個服務櫃檯，沿著圍欄排隊的也只有三兩個老人家，櫃檯後面是個狹小的工作空間，堆滿了一個個鼓起的綠色郵袋，留白鬍子的主任在指示著年輕的職員分信。一個勤快的年輕人，替那排山而來的信件蓋郵戳，然後一封一封的拋到不同箱子內。一個信封讓他那機械式的動作停下了。那封信的地址寫得很草，上面沒有郵票，他好奇的翻轉信封，那封口有被開過的撕痕，郵票就貼在上面重新把它黏上。

他只好拿著信封請示主任。

「哈，確是有趣。看字跡像個小學生。」他邊說邊搔著白鬍子。

「寄？還是不寄？」郵務員案頭有兩個投進口，一個標示著「投遞」，另一個則是「可疑」。

「郵費足夠嗎？」

「足夠。」

「那你自己判斷罷！」主任邊離開邊說：「不過，投進『可疑』那邊準是沒錯的。」

他望著信封好一會兒，然後「拍」的一聲把印蓋上，拋進「投遞」那個箱子。

那個自稱是林娜朋友的年輕人，老早就坐在卡位的一邊，那是一家一般人都能負擔得起的西餐廳，光線不明不暗，恰到好處，座位的靠背很高，是談天說地的好地方。

男孩二十歲上下，外貌整潔，有點膽怯的向偉森敬了個禮。

「我從她手機的一個群組，找到閣下的電話，我還沒有告訴她，請你原諒。」

「那你要請她原諒才對罷！」

年輕人不知如何應對。

「算了，既然是林娜的朋友，我來請客。要些什麼？」

「不必了。」

「我是老師，就讓我來罷。」

偉森還未打開餐牌，年輕人馬上就點了B餐，當然，B餐就是當日最便宜的那一款。

「上班還是讀書？」

「已經上班了，是政府機電署的學徒，」他謹慎的說，然後又馬上補充：「我已經由二級學徒，升為一級學徒。」

偉森望著對方的雙眼，鼓勵他繼續說下去。

「張老師，首先要多謝你，你雖然看見了，但沒有公開她的私隱。」

「看到了？呀，我當然是看到了……」

「那個驗孕棒，她害怕家裡的人會發現，所以一直放在書包裡。」

「原來是……這個原因。」偉森心裡猛槌著自己的胸膛，怎麼會沒想到，那個抽屜裡的東西是……

「她的經期遲了，所以十分擔心，最後證實，沒懷孕……」他說完後好像鬆了口氣。但又急忙說：「啊，她已經滿了十八歲，所以……」

「所以不算犯法，對嗎？」

對方只是低著頭沒回應。

偉森不知如何「輔導」男生，心底裡又渴望為林娜做些事。

「你很愛她？」

男生立即點了頭。

「有一位老師，曾告訴我一件事。有個本校女生，高中未畢業就懷孕了，那個男的也願意負責任，和她結了婚，誕下了嬰孩……羨慕嗎？」

年輕人先是點頭，然後又馬上搖了頭。

「有次，她在菜市場遇到了那女孩，背著嬰兒，兩手抓著膠袋，孩子還在後面呱呱的鬧著，那男的呢，當然啦，要養活一家人，不得不多打份工，日間上班，晚上就去便利店，或是送外賣什麼的，香港畢竟是個資本主義的社會，懂嗎？」

對方凝望著偉森，分不出他是懂還是不懂。

「要是你問她，妳愛他嗎？他愛妳嗎？答案仍然是肯定的，但要是你問她，可以再選的話，妳會這麼早結婚嗎？答案會是什麼？」

「……不會。我明白。」

「十來廿歲的年輕人，怎麼可能會沒有半點理想，怎麼可能不為自己的將來打拼。」

「我知道了，不愧為老師。」年輕人眼裡已泛著淚光，那點隱約的淚光卻倒影在偉森的心裡，她是一個珍惜學生的老師。

「她手上的傷痕，連我也看到，也許……好幾年了。」

「我以後會更珍惜她，更加謹慎，不會讓她受到傷害……」男孩的一夥眼淚滴到檯布上，他連忙用手去揩眼角。

望著青年人那無限慚愧，偉森已經不能再說下去。

第九章　分裂

星期二

一切都平靜起來，圖書館少了很多訪客，比平常日子冷清得多。阿儀今天當值，依然是那樣木無表情地排列書本，把書用車子推來推去。

昨天正式向學生宣布白老師的死訊，的確帶來了一些震撼，老師東奔西跑不知忙著什麼，政府的官員，還有心理學家嚴陣以待，間中還有幾個軍裝到處訪問。就這麼高效的一天過後，一切運作又好像回到軌道上。類似白老師的新聞，已經不能登上頭條，只能在內文中找到，上面以「本年首宗教師自殺事件」為標題，多麼的諷刺，就像在告訴大家，同類的事件將陸續有來。關於她的新聞，將會被更多更無奇不有的新聞所掩蓋，然後被歸納這個社會現象的冰山一角。

「早安！神父。」阿儀那帶著意外的聲音喚醒了偉森。

這個稀客走進圖書館後，微微點頭，便逕自走進一個欄目的巷子裡，一直走到最深的地方。

「神父，有什麼可以效勞？」

「只是突然想起一本書，想找找……」他邊說邊在古典類別那裡翻著。「明天有個演講，那本書可能用得著。」

他蹲下身子，在下層的書架找了一會，抽出了一本小書，是珍．韋伯斯的《長腿叔叔》，他好像有點喘氣，沒有氣力站起身來，於是索性靠著書架席地而坐，偉森也只好陪他坐在地毯上。

「看過這書嗎？」

「沒有，看過那套日本卡通。」

「沒關係，噢，我為什麼會想起它呢……對了對了，這個故事的男主角，也是叫約翰的……」

這是美國人最常用的名字？偉森對此不以為然。

「那確是一本很棒的書，要分享什麼呢？啊，對了，要是世上所有不幸的孩子，像吉露莎一樣，都有一個長腿叔叔，那會是多麼的美好。」

「現今的世界，似乎……」偉森找不到一個比較婉轉的說法。神父從容地笑了一聲，沙啞的聲音從喉嚨發出。

「對，沒有可能，現在的人，會擔心長腿叔叔是不是壞人。」

「你能做的都做了。」

「還沒有……還沒有……」神父用雙手按著額頭。

「你還是回去休息……」

「我沒事，只是，咖啡喝得太多了，」他重重的吁了口氣，抬起頭望著偉森說：「最近有什麼進展嗎？你的案子。」

「你知道，李維服用毒品的事嗎？」

「啊，那可算是天使計畫最糟糕的例子。為什麼只談他？他，那麼重要嗎？」

「暫時都只是猜測。」

「猜測也好，說說罷。」

「阿彤的失蹤，可能和欺凌有關，李維是報復的對象。」

「報復者可會是什麼人？有頭緒嗎？」

偉森只能慚愧的搖搖頭。

「我會再查的，只知道，報復者可能不只一個人。」

「不只一人，原來是這樣嗎……不只一人……那你認為，他們——會收手嗎？」

「不知道，可能已經收手，也可能永遠不收手。」

「我明白了，多謝你。」神父說罷正要扶著書架站起，偉森馬上幫他一把。

「神父，你的書！」

他頭也沒轉過來，只是舉起手做了個再見的動作，然後匆匆的離開。

夕陽的餘暉把他們的身軀染紅，也染紅了背後的樹木和墳墓。

「根本沒有拍下什麼，或者他來不及上載。」

「唔，要不然，他已公開了。」

「那個該死的傢伙……」

麻雀又在不遠處努力地啄著草地。她的頭很自然地擱在他的肩上。

「你說，我們可不可以，忘記所有所有的事，然後很安靜地一起生活。」

「我喜歡……安靜。」

「這次，有『他』的幫助，一定會做得到……」

「唔，那替我向『他』說聲謝了。」阿喬淡漠地回應，卻已下定了決心。

那一抹霞彩已經老去，天已漸黑，麻雀都不見了，換上了樹林傳來的鴉啼聲。

那天，拳館如常九點鐘關門，李維負責留下來當值清潔，那個援交少女大概會在十點上樓，已經連續幾個星期四，他們都在那裡進行性交易。阿喬會搭小巴去拳館，但不會在拳館的大廈下車，那個站會被閉路電視拍個正著，所以他會早一站下車，他會拿著一幅約翰編製的路線圖，圖上面用不同的點和V型線條，標示著所有接上了互聯網的的閉路電視鏡頭。他只要跟著地圖上的箭頭，先走進一些橫街，再迂迴的走向拳館那邊的後巷。不被攝錄機拍到是個重中之重，因為縱使戴上了墨鏡和口罩，以阿喬的體型和步姿，很容易會被認出。

拳館大廈已被監視，他會繞到旁邊的另一座大廈。那裡的後巷，有一道進出垃圾房的鐵閘，他會拿出預先藏在坑渠蓋下的鐵剪，把鐵閘的鎖頭剪開，巡著後樓梯一路跑到天台，那邊的天台和拳館的天台相距2.5米，把放花盤的長方形支架，水平的擱在兩座大廈之間，就能爬過去。

拳館的天台，有幾根用作安裝魚骨天線的鐵柱，其中一根柱子上，早已用攀山繩磨出了一圈繩痕，鐵鏽被磨去後，那一圈銀灰色的痕跡十分醒目。

阿喬會沿著拳館的樓梯，從天台往下走，穿過九樓的防煙門進入走廊。

援交的女孩不會出現，約翰會偷進李維的通訊帳戶，模仿李維向她發出信息，表示那晚的約會已經取消。

應門的人只會是他，阿喬會佯稱遺了東西，進入後，用藏著的刀把李維幹掉。

然後，在李維的臉上多揍幾拳，把地方搗亂，做成打鬥過的痕跡，房間內的一個小錢箱，自然要把它撬開，拿走那小量的現金，牆上的時鐘得拆下來，撥快半個小時，接著把它摔壞。他會打開其中一扇窗，從外面向室內的方向打碎，在窗緣上留下一些鞋底沾到的泥巴。

把拳館裡的音響開啟，聲浪調到最大。

然後關上鐵閘，從原路離去，半小時內回到寓所，走出露台亮相。

星期三

午飯時間接近尾聲，圖書館裡還有很多學生，每個人都低著頭做自己的事，連一點竊竊私語也聽不到。

可晴不知什麼時候走到櫃檯前，讓他意外之餘仍然有些難堪。

「妳有空堂？」

「唔，可以到外面走走嗎？」

走到操場時，可晴才說要到「外面」的意思，是指學校的外面。

「不太好罷，門衛不會打小報告嗎？」

「到北閘那邊，今天有工程車出入。」

他們沿反方向走到北閘那邊，一個巴藉的少年坐在大閘旁邊。

「有點緊張……」可晴小聲的說。

「不要望他，跟著走。」

那少年人像寶石般的雙眼一路追蹤著他們，卻仍然端坐在椅上，紋風不動。

北閘後面是個配水庫，走上小斜坡，是一個足球場大小的空地，地上大都是砂土，零零星星的散落著枯了的草披，沒有劃界下，木造的籠門佇立在它應該存在的位置。

他們繞過用來擋足球的鐵絲網，像逃犯般跑到球場上。

「我從未試過上課的時候偷走出來，你不怕被炒魷魚嗎？」她喘著氣的說。

「沒關係，反正都要走了。」

「想不到違反校規是那麼暢快的事！喂，踢足球啦！」

不遠處有一班小學生在踢球，長椅那邊坐著幾個老人，分不出哪個才是帶隊老師。她跑到孩子堆中周旋起來，一陣風讓裙子揚了起來，幸好她裡面穿了排球褲。

「嘿！當心啊，妳是穿裙子的！」

「你說話的語氣，可真像我老爸啊！」

他們倆呆坐在球場邊的長椅上，遠眺著前面的一座小山，聆聽著小學生們的嘻笑聲。

「為什麼現實世界裡，死的都是好人？」

偉森冷不防她會這樣問，只能籠統地回答：

「要是死的都是壞人，我就沒有存在價值了。」

「哈，果然還是個老師。」

「我其實不是……這個意思。」

可晴忽然一臉狐疑。

「那個神探為什麼還沒有出現？」

「神探？」

「唔，那些小說嘛，難道全是騙人的嗎？又或者，他已經出現了？」

小學生們收隊離開了，只剩下空盪盪的球場，學生們揚起的沙塵，也漸漸沉澱。

「去年，林娜差那麼一點點，就成了殺人兇手⋯不要說是我告訴你的。」

「我不會。」

「那個男人一度危殆。」

偉森不禁抽了口涼氣。

「真想和她好好的談一談。」

「我想，她會原諒你的，給她一點時間罷。」

一個變臉，她又露出了率真的笑容，邊跑邊跟他告別。

「只有一堂空堂，要回去上課了。」

但當她走到老遠的時候，又轉過頭來，向他這邊喊：

「張──sir──！」

偉森也向她揮了揮手。

「我是兇手啊！」

「妳說什麼？」

「我—是—兇—手—，來捉我吧！」

她的身影瞬間消失在斜坡下面。

偉森仍沒有離去，他望著前面那座山，可晴的說話縈繞在心頭。山上面原來也有人居住。婉然的山路一直通往山頂，那山後面是什麼？當然也是連綿的山丘，從方向來看，跨過了那些山，就能走到淺水灣和赤柱。事實上，沿著山路，你可以走到香港島任何一個地方，東面是石澳，西面是薄扶林。

球場上忽然來了一班年輕人，他凝神地看著他們踢球，卻又發現背項給一對視線盯上了。

「你怎會走了出來？」

「跟著你們。」

「守衛沒阻止你嗎？」

「巴仔攔著我，我說是跟你們一起的。」

高明站在圍欄的外面，手抓著網格，表情上依然分不出他是高興還是不高興。偉森向他走過去。

「不用過來，這樣比較好，你抓不到我的。」

「我沒想過抓你。」

「剛才你們在談什麼？別裝了，你們是一夥的。」

「不對，剛才只是……」

「你知道欺凌，為什麼嗎？」

「是……恃強凌弱罷。」

「不！他們都是自卑的弱者，只能欺負比他們更弱的弱者，才能使弱者不覺得自己那麼弱。」

「你在胡說什麼啊！」

「先是調查林娜，然後輪到我了。」

「沒這回事！」

「哈哈，查到又怎樣，查到又怎樣啊！」

偉森真的不知如何招架，惟有把心一橫，用不正常的方法回應。

「不錯，我真的意想不到，那個…竟然是你。」

「連你也看扁我…我只是為正義，懲戒那班人！」在那空曠的球場上，他的聲音像在演講一樣。

「不，我沒有看扁你，我只是懷疑，你是怎樣做到的。」

「簡單，用不同身分，開多個『膠登』戶口，然後貼上關於密室的留言，高明A回應高明B，還有高明C、D、E……只要被資深的用戶看上了的帖文，很快便會走紅。」

「原來是這樣……那麼阿彤的相片，功課簿……」

「正如你說，那只是三腳貓功夫。不過有個祕密，你們是永遠查不到的。」

「你聽我說，根本沒有人查你，你想多了……」

這時一個足球猛地撞到鐵絲網上，遠處傳來青年人的叫喊聲，他撿起球，一腳把它踢回球場中心。

轉過頭來，高明已經消失得毫無蹤影。

晚上九點半，拳館的門鈴響起，應門的是一臉茫然的阿喬。

「可晴告訴我，你今晚當值。」

他讓偉森進門後，又拿起拖把使勁地擦，膠地板上，好些地方已由深綠色褪成白色。

「先吃點東西罷。」偉森把一袋腸粉和燒賣放到桌子上。

「不了，先把工作做完。」

「你們師兄弟真有歸屬感，練拳後還會做清潔。」

「是教練的意思，也讓我們省點學費。」

他放下拖把，又拿濕布去抹拳套。偉森走到他的身後。

「來打一場，怎樣？用比賽拳套。」

兩個人脫掉上衣，戴上八盎司的拳套，就這樣拳來拳往。阿喬出拳較慢，但步法已有所改善。偉森邊打邊給他意見，初時兩方都以試探為主，但不一會就愈打愈起勁，出拳的力量也和比賽一樣狠。大家雖然都吃了對方幾拳，但也沒有停下來的意思。接著都沒有作聲，只是看著對方的眼神，一直打了不知多少個回合，拳風颼颼，急促的呼氣聲，還有赤足在墊子上的摩擦聲，奏出讓人著魔的節奏感。

「你的勾拳多半是虛招，很快會給人看穿。」偉森躺在墊子上，氣還未喘定過來：「得快點練習速度……」

阿喬也耗盡了體力，躺在墊子邊緣。對偉森的意見，沒有半點回應。

「你為什麼學打拳？」

阿喬雙眼凝望著天花上的螢光燈，這樣回答：

「打拳可以讓我忘記一些事。」

「這樣罷，我教你彈跳步，你就把你的事告訴我。」

「什麼事？」

「隨便你，一些沒告訴過人的事。」

阿喬搖了搖頭，沒有答話。

「不如這樣，做朋友要坦誠，我告訴你一些事，你也告訴我一些事，好嗎？」

雖然阿喬還沒回應，偉森早已把什麼規限都拋諸腦後。

「我是警察。」

阿喬慢慢的撐起身子，背著他坐著。沒有顯露出預期的震驚。

「為什麼？」

「調查阿彤失蹤的事。」

「我是指，為什麼說出來？」

「還有兩天我就要離開，沒關係了，你不會出賣我罷。反正，隱瞞了身分，一樣是什麼也查不到。」

阿喬抓起旁邊的水樽，把水灌進嘴裡。時間一分一秒的流逝，偉森已沒有指望，對方會願意說些什麼。

「我認識一個朋友，她似乎有些難處。」

偉森盤膝坐著，把身子向前傾。

「她經常和手機說話，有時戴著耳機，有時對著它輕輕說話，有時打字。」

「那有什麼問題？現在大家都是這樣的。」

「或許罷，但她告訴我，那邊有一個人，不是真實的人，但會給她很好的意見，指示她該怎樣做。」

「你有問她，那個人是誰嗎？」

「她說，那是祕密。我問她，『那個人』是不是一直在那邊，她說是。」

「我想，你得替她找個專業人士？」

「學校有個心理學家，是臨場（床）的，每星期會來一次。」

「你就告訴他了？」

「呃，他說，那可能是什麼精神分裂的癥狀，是因為心理壓力造成的腦毛病。你知道那是什麼嗎？」

「大概知道。你要鼓勵她去看醫生。」偉森走了過去，蹲在阿喬的後面。

「要看醫生的，可能是我。」阿喬深深的吁了幾口氣，背上的肌肉不斷起伏。「別這樣，至少你要替她，解決那個心理壓力。」

阿喬已經把臉埋在膝蓋之間，聲音顫抖起來。

「我會……我會的，這樣的話，『那個人』，就會離開嗎？」

星期四

不知不覺間，他又走到四樓梯間的盡頭。那個小小的房間，門仍然上了鎖，門牌已被摘去，門隙間滲出了一些油漆的氣味。

原本堆起的那道書牆被清空了，幾個大紙皮箱擱在桌子上，牆壁已被重新刷過，算是把原來的東西都蓋了過去，地上鋪著幾張沾了油滴的報紙。

回到圖書館，放學的鐘聲剛響過，他決定提早收拾東西，把水杯、相架等收到背包裡。

「張sir，」站在他後面的是小提琴男孩。「你要走了？」

「唔，明天是last day。」

「不會的，主任的產假還有很久啊！」

「可能，神父不滿意我的表現罷。」

「你需要，有什麼表現嗎？」男孩不期然望向櫃檯那邊，沒有半點冒犯之意。

「不需要，其實是我自己的問題。」

「我們會掛念你的。」

「怎麼會，我只是來代課。」

「你逗得那班小男孩格格的笑。」

男孩想了一會，走到書包架那邊，取下他的小提琴。

「送你一首曲。」

「這裡是圖書館。」

「管它哩！就當給我練習機會好了。」

他架起小提琴，拉了幾下試音。

「你不會給我彈『友誼萬歲』罷，那個我會吃不消。」

「當然不是。」小提琴奏起了幾個長音。「是蕭邦。」

偌大的空間，本來就是個最好的迴音箱，琴音游走到圖書館的每個角落，坐在周圍的人，臉都朝這邊。幾個女孩走過來，身子挨在櫃檯前。

男孩背著觀眾，閉著眼地演奏。拉到中段，節奏有點急，走過來的人，把小小的「舞台」包圍了。

在人群的最後面，站著一個女孩，只能看見她的短髮和一雙明眸，他和她的眼神凝望了好一會。急促節奏過後，琴聲又回復到原來的幽怨，直至她轉身離開。

晚上八時，偉森早已離開學校，Tracy的來電響起。

「李維不見了。」她劈頭便說。

他們有伙計在學校對面負責監視。直至七時多，仍未見李維步出校門。

「放學的人潮太多，會不會是走漏了眼。」

「有可能的，剛打過去拳館，他們六時多便開始練習，但李維還未到。最奇怪的，是他的手機竟然關上了。」
「他的家呢？」
「有伙計在樓下，但他們不想驚動李維的家人。」
「好罷，我上去看看。」
偉森截了輛的士，在車上才翻找李維的地址，但他卻改變主意，讓司機先到學校去。學校早已重門深鎖，門衛坐在更亭外，收音機的聲浪很大。當他看見偉森在大閘外，才猛地起身，捧著大肚子走過去。
「學校還有學生嗎？」
「應該……沒可能罷。」門衛搔著頭皮，望向漆黑一片的校園，只有小教堂那邊，還有幾盞昏黃的燈。
偉森編了個藉口，說有家長發現孩子不見了。
「又來一次？」門衛給嚇得怔住了。
「我馬上去巡邏一下，有發現再通知你罷。」
李維的家在灣仔的一幢沒有電梯的唐樓，偉森走上三樓，按下B室的電鈴。開門的是個老太太，因為駝背的關係，頭昂得很吃力，泛白的眼球，不住的眨動，在他前面尋找他的臉孔。
在阿喬住的村屋外，一個便衣警員監視著屋子的二樓，露台內的窗簾關上了一半。探員以幾棵樹作掩護，用望遠鏡監視著，不知多少數量的蚊子，在他耳邊盤旋。

目鏡裡看到阿喬的背面，前面是個電腦螢幕，畫面上閃動著十分暴力的遊戲場面。
「現在的學生，都不用讀書的嗎？」
拳館對面的商場，人流愈夜愈旺，在一間快餐店內，一雙眼睛倒影在玻璃幕牆上，視線朝較高的方向仰望，注視著對面的燈火。
老太太雖然樣子不討好，但當知道對方是老師時，馬上熱情地款待。
「老師，是不是我阿維又闖了什麼禍……」她憂心忡忡的問。
「沒什麼，我只是路過，順道來做個家訪。他…還未回來？」
「沒那麼早。」
「有打電話回來嗎？」
「老師，他很少打電話回來，要是我打給他，他也懶得接聽。」
偉森發覺再問下去也沒有意思，只好觀察著屋內的裝潢。雖然房子很舊，但還是挺寬敞的，看得出起碼有兩個房間。在一部電視旁邊，竟然放了一部用晶體管的音響設備。
「我們受學校的恩惠，也實在太多了。」老婦自言自語的說。
「或者，你等等他罷，我去沏個茶。」
趁著她拖著步伐走進廚房，偉森走向睡房的方向，一個房間門虛掩著，透出一點燈光。
阿喬沒有提早下車，大廈外面有個抽煙的男人。他迅速走進一條橫街，掏出那張有很多箭頭的地圖，看了一會，最後一下子把它擠成紙團，拋進藍色回收箱。

門被推開，那是李維的房間，床子像一般男孩的那麼凌亂。當眼的地方，掛著幾對簇新的拳套，牆上面有張「復仇者聯盟」的電影海報，另外一張，是一位東方女孩的泳衣照，差不多是一比一的大小。桌子上散亂的放著東西，上面的一個架子，擺放著十多隻，大大小小的恐龍模型。

晚上九時十五分，拳館的燈完全關上，她馬上發出信息。

阿喬躲在垃圾房門外，屏息著氣地等待，即使氣溫再低，他卻是滿身熱汗，那柄鐵剪已經放到身旁。他手機顯示了一個訊息：

「不要行動，他還未出現。」

偉森走到街上，馬上打電話給Tracy。

「拳館已關門，人們都散去了，還未找到他。」

「阿喬呢，也有人監視嗎？」

「他在家裡，有伙計在門口守著。」

「我現在到阿喬家看看，妳到拳館那邊，好嗎？」

趕到阿喬住的那條村子，他一下子便看到了那個躲在樹叢裡的探員。

偉森覺得很不對勁，走到村屋下面，呼喊著阿喬的名字，上面那個「打機」的男孩沒有半點回應。阿喬的母親打開了大門，偉森打了個招呼便往樓上衝，房門鎖上了，他也等不了那麼多，負責監視的年輕探員，這時也趕到他身後，偉森一腳把那脆弱的門踢開。坐在椅上子上的，是一具穿了外套的吹氣玩偶，一個假髮掉落地上。偉森走到電腦前，在鍵盤上按了一下「Esc」，那個全熒幕的畫面縮小，是一段不斷重播的錄像。地上的一把搖頭扇仍然開著，有兩根毛線繫在風扇框的各一邊，另一頭則分別連著椅子下的兩個輪子。

「你有沒有離開崗位？」

「沒有……」探員剎那間慌張起來。「不過，剛才有兩支煙花在頭上飛過，我去看了一下。」

阿喬的手機傳來另一個訊息：

「上面剛開了燈，他到了！」

他用鐵剪剪鎖，但比想像中困難，好一會兒也剪不斷，他索性舉起剪，用力的敲下去，一下，兩下，響噹噹的聲音在巷子裡傳來了回聲，樓上不知哪一家人，傳來了幾聲狗吠。終於砸開了。

他走上天台，拳館就在對面，他看了看距離，選擇不花時間去搬花盆的支架。

「反正都豁出去了！」

往下看，大街上依然燈火璀璨。那種距離感很不實在。

他一躍跳到對面，在地上摔了一下，刀子噹一聲從暗袋掉出。

沿著樓梯往下走，到了九樓的防煙門外，他蹲在地上，踮高腳跟，從門上的玻璃望向外面的走廊，眼前的景象讓他猶疑，他再看了一次，拳館的鐵門竟然是敞開的。他穿過防煙門，戴著手襪的手，已伸進胸前的口袋裡，他一路移步到鐵門外，裡面只開了一點燈，白色的螢光忽明忽滅的不斷霎著。李維就站在那裡，戴著鴨嘴帽，臉朝著沙包。只要阿喬一撲上去，就能把他解決。

偉森的電話剛到。

「到了拳館沒有？」

「在電梯內，接收得不好。」

「阿喬也不見了！」

「剛到九樓。」

「那邊怎樣。」

「這裡……就是拳館嗎？走廊沒有人。」

「妳得小心。」

「鐵門沒關上。裡面閃著白光。」

「不要進去，等支援吧！」

「……是個男性，身上穿著……校服。」

「……」

「背上插了一把刀。」

第十章　下雨

死後第一天

#精神分裂[9]症是一種重性精神病，一百人當中會有一個病例。
#病癥包括有妄信、幻覺、多重幻聽、情緒和行為上的困擾。
#致病的成因不明，但似是腦部生化物質不平衡所致。
#壓力及緊張會令病情惡化，或甚至引發（其他？）疾病。
這是他在網頁上摘錄下來的筆記。

破曉時份，遠方吐白，另一邊的天空仍是暗沉沉的，眷戀著幾顆殘星。城市看上去朦朦朧朧，如同籠罩著銀灰色的輕紗。一道道晨光乍現，吐白的那一邊猶如被沖洗過一般，那濃濃的湛藍色一直延伸，蔓延了整個天空。太陽漸漸冒起，散發著金色光芒，天邊湛藍，不再那樣的深沉，反而帶著一種淡淡的，讓人揮不去的哀愁。

9　精神分裂漫談（香港心理衛生會，mhahk.org.hk）

一架飛機劃過天際，留下了一道剎是美麗的弧線。

學校已透過手機短信，通知停課的訊息。但還是有零星的學生，回到學校來還未知發生什麼事。神父的死訊登上了所有報章的頭條，甚至上了國際新聞網絡。有幾份報紙用「撲朔迷離」來作標題，最讓媒體激烈追問的，是神父身上的校服。

事實上，Tracy發現屍體後不久，警車和救護車已經趕到，據聞是在幾分鐘前，有人主動報警救助。

他背上插著一把十五公分長的牛肉刀，但刺不中心臟。

拳館內找到一件懷疑是屬於神父的長褸，他開的雪鐵龍，就停在大廈後面的街道。按那個在樓下監視的警員憶述，一個穿長褸的男人在九時十五分進入電梯，但他的目的地是七樓一家「私房菜」。除了拳館，阿喬的家也是搜證的重點地方。至於李維，事發後不久便被找到了。警察在深夜趕到學校，發現神父在教堂裡的辦公室被鎖上了，門外面的一個鐵栓上，外加了一把鎖頭，他們破門而入，發現李維裹著毛氈，昏睡在沙發上，旁邊的電視還沒有關上，辦公室內只有一扇窗，上邊有焊接上去的窗花，絲毫沒有損壞。

據門衛供稱，神父離開學校的時間大概是晚上九時，之後再沒有人進出學校。換句話說，神父製造了一個密室，這個密室不是由裡面反鎖，關著一個死者，而是從外面鎖上，關著一個活人。換上另一種角度看，神父把自己反鎖在「外面」。

他要守護這個人，一個在自己遇害之前，必須關進密室的人。

Roger率領的重案組已經全面接手案件，初步判定為凶殺案。

回到學校時已是午後，那天的天氣出奇地晴朗，窗外的景物清晰得像浮雕一樣。

他本來也不必再回校，說到底，有誰會在乎？但他也得回去取回自己的東西，順便憑弔一下，這個讓他留下回憶的地方。

走進圖書館，裡面一個人也沒有，他索性不開燈。走到桌子前，發現了給他的一份紀念品，是一片茶色的塑膠牌，上面有些脫落的白色字：「卻斯特頓偵探社」。

下午六時，天色已經和黑夜沒有分別。阿喬走到家門前，一路上都沒遇到警察。他用鎖匙開門進去。二樓的房間開了燈，裡面已經辨認不到是誰的房間，所有東西都被翻過，有幾個地方放著螢光的數字牌。他找了好一會才找到校服，下樓時，母親就站在樓梯下面。

「吃口飯才走罷。」母親背著他，在灶檯上弄著晚飯。

阿喬在餐桌前坐了下來。母親為他端來了一碗鹵肉飯。然後走到靈檯前，拿了三根香，點亮後，用一隻手把火苗撥熄。

「你會像你老爸那樣，無聲無息地離去嗎？」

他著實是太餓，把飯大口地往嘴裡送。

「要攪定一些事情，之後會回來照顧妳。」

「我不該送你進這學校，要不是妒忌那女人……」

「這學校很好。」

「那女人生下你便跑了，你怎可能認出那個……妹妹。」

「父親臨走前跟我說了。」

母親歎了一聲，對著神檯唸唸有詞。

「你也來裝炷香。」

他擱下碗筷，走到靈前鞠躬，把三根香枝插進爐灰之中。

Tracy的來電響了又響，他覺得有點不好意思，惟有接聽。

「出來，我們要談談。」她說。

「不必了，我想待在這裡。」

「開視像，我要看見你。」

「不。」

「快點！否則我會收線。」

對於她那麼不合邏輯的威脅，偉森竟然就範起來。

「你很憔悴，那是什麼地方，學校？」Tracy那邊很光亮，背景是個人來人往的實驗室。只見她束起了頭髮，眼袋比之前更深了點。

「對，我還有一個小時當老師。我要看守著那些學生。」

圖書館到處都是黑壓壓的一片，所有書包架都是空的。

「你立即給我振作，我要告訴你一些事。」

「說罷。」他不想端視鏡頭，眼睛注視著桌面。

「神父不是被刺死的，那柄刀子，沒有刺中要害。初步驗屍觀察，他是毒物致死，毒理方面仍在檢測中。」

偉森沒有答應。

「你在聽嗎？」

「反正人都死了，那又怎樣，前一天，他還跟我說故事。」

「我不明白。」

「me too。」

「怎說也好，Roger已經下了結論，他好像覺得案子已經破了，還欠的就是把阿喬逮回來。」

「他又有什麼高見？」

「今早盤問了阿喬的母親，她承認了，阿喬和阿彤，是同父異母的兄妹。」

「所以他就有殺人動機。」

「不錯，阿彤的失蹤，不是流傳著和欺凌有關嗎？至於神父和李維有什麼關係，他們仍然在查。你說，神父會不會，對阿彤做了一些……不該做的事？」

偉森忽然聯想到，如果把一副面目猙獰的臉容，掛在神父的臉上，哈，一個壞蛋長腿叔叔。

「告訴我，那不是妳的想法。」

「對不起，現在所有可能性都得考慮。」

「那麼毒藥呢？」

「這方面，他們推測，是神父到達了那個死亡約會後，被誘騙吃下的，但他沒有馬上死去，在慌忙之際，兇手只好補上一刀。」

偉森只能按著臉孔，格格的笑了起來。Tracy表露出十分不滿的神情。

「對不起，這個時候笑，實在很變態。」偉森收起笑臉，用手指揩著眼角的幾點淚水。「妳來告訴我，那套校服裙，是什麼意思？」

Tracy的神情詫異而迷惘。

「對不起，我偷看了。」

「那是plan B，是局長的意思。」

「啊，給妳們耍得團團轉。」他有點晦氣的說。

「聽我的，那個plan B，從來沒有實行過。」

這時，Tracy定睛的望著鏡頭，眼神變得十分傷感，叫他不得不迴避那道目光，若不是有人在她後面走過，還會以為是信號定了格。

「請你不要這樣，我仍然相信你（是那個走到底線的人）。」

還有五分鐘就到七時，他留下了抽屜鎖匙，背包已掛在肩上。他仍然不動身，眼睛凝視著圖書館的入口，心裡有點什麼事將要發生的那種悸動，差不多同一刻，奇蹟在眼前出現了，他忙把那個已反轉的「RETURN」牌子揭起。

那人在門口站了一會，好像剛到了個陌生的地方。他穿過了一段陰影，走到櫃檯前面，把臉上的口罩脫下。

「晚安，張sir。」

對方在書包裡拿出一本書，書名是《布朗神父的天真》[10]。

「剛趕及了限期。」偉森在封底內的還書欄，蓋上了當天的日期。

「要續借嗎？」

他苦笑地搖搖頭。

「我還可以為你做些什麼？」

偉森搭著他的肩膊，到了灣仔警署。門外一個上了年紀的老警員，跟他們友善地點了頭。報案室裡有兩個年輕警員當值。他們坐了下來，呆了一會，其中一個問道。「要報失嗎？丟了什麼東西？」

「是自首。」阿喬說。

「你說什麼？」

阿喬又重複了一遍，眼神堅定地望著對面的警員。

「自首？老師帶著學生來自首？」

「犯了什麼事，欠交功課？還是曠課？」另一警員也不禁嗤笑了一聲。

[10] 卻斯特頓《布朗神父的天真》（布朗神父探案；1，台北，小知堂文化，2004）

阿喬望了偉森一眼，然後說：

「是謀殺。」

死後第二天

「我現在給妳的意見，是保持沉默。」

「他都自首了，我怎可以白白讓他獨個承受？」

「我不太明白妳的意思，但戲已經上演了，不得不演下去，阿喬會做好他的角色。對於處理屍體那一部分，他是不會承認的，因為那索涉了妳。如果妳也自首，只會增加他的罪名。」

「所以我能做些什麼？」

「靜靜的等待。遲一點才到妳出場。」

「那是謀殺罪啊，你明白嗎？」

「我明白，他不會被控謀殺，那是意圖謀殺或蓄意傷害他人身體，如果有好的律師，加上一個善良的心理學家，便能以精神理由辯護，18歲以下青年只會判入勞教中心⋯」

「你究竟在說什麼？你為什麼會知道？」

「抱歉，我沒有實施妳的計畫，我實行了另一個。」

「你背叛了⋯⋯」

「沒有，一切都是為了妳，為了他。按最大的機率行事。」

「那你告訴我，誰會為阿喬作證？」

「神父會。」

「神父死了！」

「他會作證。我和他訂了個協議。」

「什麼協議？」

「不能告訴妳。」

「那你就是扯謊，死了的人，是不會作證的。」

「對，死了的人不能作證，但妳要有信心，神父將會——復活。」

老天爺是個陰晴不定的頑童，昨天還是晴天，今天卻讓雨落下。那是一場提早了的春雨，雖然下得不兇，卻讓幾個沒帶傘的人，在雨中飛奔，鞋子踏進積水中「嘰呱」作響。那雨像絲一樣細，像粉一樣輕，雨傘穿梭於行人道，輕巧晶瑩的水珠，帶著點點弧度從傘的一角摔下，悄悄的在跌宕起伏的水窪中消失。馬路上浮起來的機油，沿著行人路邊流去，形成了一條小小的，泛著五色光彩的河流。雨驟然大了，「滴滴答答」的落在店家的簷篷上。幾個男女在簷下看雨點，一個伸手想去觸碰，後面的一個向他推一把，鬧得不亦樂乎。安坐在車上的司機，卻不太欣賞眼前風景，以熱烈的響號，企圖打碎眼前細雨編織的串串音符，後座的男童卻緊緊的盯著車窗，用手指去追逐沿著玻璃淌下的水珠。流浪漢以破傘為簷，依舊坐在大廈外那片濕漉漉的領土上，他閉著眼睛，細細地聽雨聲奏出的樂章，嘴裡吟唱屬於自己的輓歌……

雨下在城市，也下在山丘，霧驟然冒起，讓景致更迷矇，猶如水墨畫般此深彼淺，引人無數遐想。雨，像銀絲撒滿天地，幽幽的林木被罩上了一層灰濛濛的幔帳，若隱若現，山鳥還在樹林中呿呤呿呤的叫號，彷彿有無數的精靈住在裡面。忽然一聲春雷轟隆響起，豆大的雨點淅淅瀝瀝的打到葉子上。散落在山間的墳墓，默然地任由沖擦，雨水打在花崗岩的石碑，在刻下去文字處，捨不得似的多逗留了半晌，然後又簌簌流下。蟲子都找地方躲，在葉下，在花下，在石下，在樹縫中，蝸牛卻從土裡鑽出來，享受著大地的滋潤。地上祭祀用的石杯已經滿溢。水悄悄的流出石碑間的縫隙，滲進了草下的土壤，滋潤著那些亡靈，沒被草木根部吸收，泥土又盛不下去的，都乖乖的匯合到人工引水道，徐徐而行，支流聚集成一股主流，像萬馬奔騰般淘淘的流向水塘。

接受專訪的是Z集團科技部的高級負責人，他穿著貼身西裝，一如其他科技發佈會一般，一出場就坐在舞台的高腳椅上。訪問他的男人是位很有名氣的ＩＴ網紅，互相恭維一番後，問題開始尖銳起來。

「有人說你高調接受訪問，是因為『Z科技』的股價最近下跌了四成，相信在座除了不少科技迷，也有貴公司的股東罷。」

「我們不會評論股價的短期走勢，公司在人工智能的研究一向領先同業，相信投資者的目光是長遠的。」負責人滿有自信的說。

「會不會再發生anna事件？」

「誰能保證不發生呢？最重要的是我們檢討失敗，不斷創新……古語有說：『水能載舟，亦能覆舟』哩……」負責人對這問題似乎是有備而來。

「我們為什麼要因為一次傷風感冒，而去擔心一個體魄強健的人？自動駕駛也是人工智能，不是也發生過意外嗎？意外是無可避免的，你看它的技術，還不是繼續超越嗎？人類得有著這一點冒險精神，才能創造出更美好的將來，不是嗎？沒有哥倫布，就沒有新大陸了……」

「話是這麼說，但公眾只看到anna一個案例。」

「坦白說，在這幾年的研究，我們已累積了很多經驗，出色的案例可不少啊！」

「相信你這樣說大家不會信服。」此時台下發出了附和的聲音。

「其中就有一個學生，拿了獎學金到美國升學。」

「美國的大學可真多呀！」

「常春藤。可以了罷，再說我會被控告了。」

「為什麼？」

「這正正反映了我們企業的素質和社會責任，我們和參加計畫的監護人，都簽妥了保密協議，不會讓他們受到滋擾和標籤。」

「參加計畫的人，會得到報酬嗎？」

「別開玩笑，全部試驗者都是自願的，當然，那些對象都是面臨重大困難的青年人，我們的慈善基金會撥款幫助。」

「那要是任何一方違約了，賠償可會是個天文數字？」網紅試探地說。

「我們不會在意這個數字，但當然，這必須和責任成正比。」負責人不懼挑戰，仍然對答如流。

「有沒有擔心過，這個智能助手這麼強大，會形成不公平競爭？」

「那我要反問你，如果這裡只得我擁有手機，而你沒有，會不會構成不公平競爭？」

「那當然會。幸好我有手機。」網紅開玩笑地亮出自己的智能電話，引得哄堂大笑。

「這就是重點啦，現在幾乎每個人都負擔得起手機，那就沒有公平不公平了，對罷？」

「你的意思是……」

「普及，我相信，當計畫進入收成期，每個18歲以下的年輕人，都能夠擁有一位度身訂造的智能友伴。世界再不是單一的競爭，而是多元化的發展，每個人因著人工智能的協助，會把自身的天分發揮至極限，創造出無限的可能……」

「那算是數以億計的市場了。」網紅打斷了他的雄辯。

「我們願意面向全世界。」

「過億的用戶，假設，要是總機出了事，怎麼辦？」他冷不防對方會來一個稿子裡沒有的問題。

「那個…機會微乎其微罷！」

「剛才你不是說，有無限可能嗎？」

「啊，這個…對，不過大家得信任我們，我們是Z集團，我們是不會有問題的……」

偉森在家裡昏睡了兩天，他的酒量很淺，但還是把雪櫃的半打啤酒喝光。當他醒來的時候，外面天色陰黯，時鐘指著六時，他霎時間分不出那是清晨還是傍晚。

「是清晨罷！」他這樣想。

他希望休假中不受滋擾，好好的睡一覺，然而潛意識在夢裡依然煎熬著他。他終於爬起床，找了面鏡子察看了自己的臉容，輕輕的吁了口氣。

扭開電視，剛播放晚間新聞，正在轉載著一個關於人工智能的專訪，他把電視關上。

他把手機重新接上電源。提示畫面顯示有118個訊息，對他來說實在是個記錄。有些發信者是大埔警署的同事，都是想來「索料」的，可晴也發了幾個emoji給他，當中亦有幾條訊息是由Roger傳來，當中不乏詆毀的言詞。其中相對客氣點的，要數這一則：「失蹤案沒有著落，謀殺案卻馬上解決了，幸好局長沒被氣死。」

相信他暗指的，是阿喬自首一事。

然而，所有的發訊者中，都沒有Tracy的名字，來電，留言，文字信息，一個都沒有。

忽然覺得肚子空空的，不止是飢腸漉漉的感覺，而是肚子裡好像有個活的傢伙，不斷絞動著，就像你不去餵牠不行似的。

隨便穿了件夾克，滿臉鬍子的他走到街上，樓下「車仔麵」的檔子冒出熱騰騰的蒸氣。他點了五餸和加大份量的粗麵，煮麵的那個肥大媽，一邊收錢，一邊喝罵著食客，讓他感到相當的親切。一陣風般吃完那碗麵，感覺跟沒吃過一樣，他又走到附近的上海店，一口氣吃了12條鍋貼，喝下兩碗酸辣湯，還是未能滿足肚子裡的召喚。於是他繼續邊行邊吃，在粥店裡吃了兩碗粥，覺得和喝暖水沒有分別，於是點了裹蒸粽。吃罷後好像有點感覺，但一出店門外，肚子又作反了，縱使腰間已經脹了一個圈圈。他索性走到一堆攤販那裡，逐檔逐檔的吃，雞蛋仔、魷魚、牛什、豆腐花、齋鹵味……像要儘快找出哪一種食物能克制他肚子內的怪獸。

他終於放棄了，不是因為已找到「飽」的感覺，而是已吃到筋疲力盡，張嘴時牙骹都響起來。他跌坐在一間時裝店的燈箱旁，不知坐了多久，一個拾圓硬幣掉到跟前。

死後第三天

那是一家他小時候到過的雜貨店，和現在的便利店可大不同了，店內較暗，貨架上的貨品，幾乎堆到上天花。

他拿著籃子，正慌忙地搜羅食物，一個老婆婆用枴杖點點他的腿，然後指了指貨架高處的地方。他伸手把上面的一袋不知什麼東西拿下來，面前的人竟然變成一個穿校服的少女。

「妳怎麼會在這裡？」

「在這裡打工。」少女別過臉去理貨，看不見她的容貌，他俯身去望，她又轉到另一邊。他在貨架兜了個圈，正想走到她的前面，但瞬間她已回到收銀櫃位。旁邊一個穿西裝的男人走出來，那只能描述他是穿著西裝，因為在恤衫領口以上什麼都沒有，本來該是他頭部的位置，現在能看到後面排列著的香煙，男人隨後拿起一片紙（當然手也並不存在），放在「眼前」看了看，然後遞給少女。

他躲在貨架後，用手勢示意她。

「危險！過來！」

旁邊的貨架晃得很厲害，貨物翻倒而下。他看見阿喬在貨架的頂部爬來爬去，每移動一步，鐵支架都搖搖欲墜。

「你幹什麼，快給我下來。」他小聲的喚著。

「在這裡的話，就不會怕他了。」阿喬旋即又爬到另一角落。

那少女突然出現在他面前。

「你剛才做什麼？」

他極力想看清少女的臉容，但無論怎麼出力看，前面都好像失了焦點一樣。「那個老闆，是什麼人，很危險啊！妳看不見嗎？」

「看上去，不像有問題。」

他氣急地拿起旁邊的一個罐頭，使力的扔向櫃位。正好落在那男人前面。他那什麼也沒有的地方，突然冒出一些泡泡，最後形成了一個黑熊的頭顱。

「看到了嗎？」

那黑熊的頭突然轉向他們，然後伸手去打開櫃位的門板。

他拖著少女的手，往後門的方向衝出去。外面是很光的白晝，前面是一大片長得人那麼高的草林。跑不到幾十步，少女按著腹部。

「我跑不動。」

他孭起少女，繼續向前跑。後面傳來黑熊的叫聲。

「朋友！回來！朋友……」

鋒利的草片打到他的臉上，他卻騰不出手去擋。

大清早，壞消息終於來到。那是Tracy的短訊。

Roger逮到一個走私藥物的犯人，據稱他為了減低罪名，願意供出其中一些客戶的資料。他稱一個貌似喬少華的青年，曾向他購買山埃藥。證供已轉交律政司，很有可能以謀殺罪起訴。

拘留室的閘門砰然關上，警員押著身子比他大一個碼的阿喬。他身上穿著乾淨的棕色囚衣，雙手扣上了手鐐。

「能睡嗎？冷嗎？」

偉森望著他，他低下頭，那是一雙焦透了的嘴唇。

他一步一步走近，螢光燈比他的心臟還跳得快，白恤衫、長褲，黑皮帶，黑色的鴨舌帽。他舉起利刀，前面的人仍然沒有反應，他打了一個寒噤，來不及思考心底裡的一絲懷疑，利刀猛然插進目標的背上。那人仆向前，沿著沙包的滑到地上。那一聲沙啞的呻吟讓他立時愣住，臥在地上那人，極力把頭顱轉過來。他蹲下去，眼前的人讓他無法想像。那是神父臨死前的眼神，充滿著憐惜和無奈。

「好孩子……」神父在嚥著最後一口氣。

「就這樣完了…好嗎——」

偉森試著觸碰他放在桌上的手，雖然他是不容許和犯人有身體接觸。阿喬馬上把手縮回。

「聽我的，把一切說出來，你不能承擔這麼大的罪名。」

「我已說了。」

「你知道毒藥的事嗎？」

「不清楚。」

「他們說毒藥是你買的。」

「我沒有，不過，反正是我殺了神父。」

「不對，若果神父是先吃下毒藥自盡，你的罪名頂多是企圖謀殺。」

一陣沉默。

「多謝，張sir，這樣稱呼還是對的罷。」

「不要再浪費時間，快把那個共犯說出來，我可以幫你。」

阿喬猛地看了偉森一眼。

「沒有共犯！」

「不要騙我，沒有她，你根本幹不出這種事。」

「對不起，很多事情你都不知道。」

他這麼說好像突然刺激到偉森的痛處。

「我有什麼不知道？哈，我什麼都知道，你不但有共犯，還有johnrain，不要說你沒聽過……」

「沒有，沒有johnrain。」

「他是個智能程式，一路協助你們……」

「沒有johnrain！」阿喬聲音嘶啞，戴著手鐐的拳頭打向桌面，桌子在地上猛地彈起。

「我說！根本沒有johnrain！」

雨還是俏俏地下著。他只能流連在街上，腦子裡已經像被獽掠過似的凌亂。他走進戲院大堂，站在大電視前看預告片，一共看了三個循環，但沒有買票，之後走回大街上。他自問這幾個星期自己做了些什麼，能不能寫在自己人生的履歷上。已經沒事可幹了，也不奢望再有什麼奇蹟出現，沒有人會批判他的對與錯，這個行動根本不存在於世上。

灰灰的校服裙。

幾個女生，站在的士站前。其中一個，手裡拿著一束拼湊得很莊重的鮮花。

他本想裝著看不見地走開，她們卻向著他揮手。

「妳們去那裡？」偉森隨便的問。

「去探李主任，她前幾天生下了孩子，是女孩唷！」「我們到她家探她啊。」「其實是去探BB！」她們你一言我一語的說著。

「啊，恭喜，不過，為什麼不買百合，她喜歡百合。」

幾個女生互相對望了一眼，剛好的士來到，她們匆匆道別上車。

望著的士遠去，他才明白到剛才那個情境的含義。能夠上主任家探望的學生，關係絕對不淺，怎可能不知道主任愛什麼花，要這個可謂陌生人來提醒？

阿儀和主任關係也不淺，難道她在說謊？喜歡百合的人是她自己嗎？

有必要說謊嗎？她是負責訂花的人，直認自己喜歡有什麼不妥？

百合花和什麼有關聯呢？讓她下意識地要隱瞞著什麼。

在那裡，答案一定還在那裡。

的士停在大閘前，門衛還對他點了點頭，似乎完全不知道他已離職。他本想去圖書館，但走到教員室門外便停了下來。

已經是六時多，大部分老師都已離開，偌大的教員室內，還有幾張桌子亮著燈火，堆得高高的書簿把幾個老師埋在桌子中。

白老師的桌子被一塊大棉布覆蓋著。他確認沒有人察覺他，靜靜地往那邊走，途經了一個老師的背項。

走到白老師的桌子坐下，輕輕揭開上面的棉布。她桌面和抽屜裡還有一些雜物，據說要等她外國的親戚過來處理，所以暫時原封不動。

前面突然傳來一聲怪響。讓他不得不馬上停下動作，僵硬地慢慢把頭抬起，不遠處坐著的是訓導主任，他重甸甸的眼鏡垂到鼻樑末端。

確認對方仍在打瞌睡後，他繼續搜索，玻璃下方除了一張時間表，大都是她跟學生的合照。他移開旁邊的一疊作業。發現了它，可能不怎麼起眼，所以沒有列為證物。他找了一把間尺，塞進玻璃和桌面的狹縫之間，生怕訓導主任突然會站起來。不一會，那相片突出了一隻角。

那是一幅色彩已淡去的照片，有半隻手掌那麼大。上面有一男一女，年紀像是初中學生，大概是高小也有可能。女的穿著校服，男孩則沒有。她一隻手搭到男孩的肩膊上，男的樣子很討好，一雙手交疊在胸前，兩個人都笑得很純真。相片的背景是一座像教堂的建築物，幾根很粗的石柱護著一條小走廊，紅磚牆上嵌著間隔平均的深棕色木門。在他印象中，那應該是兒時去過的地方，一所位於銅鑼灣的修道院。June Pak很有可能就讀旁邊的那家修女書院。但那男孩是什麼人？那個年代，女校是不會收男生的。

相片背面，寫著：永遠在一起。

白老師為什麼要到這裡任教？

他懷著很大的衝動，一直奔上圖書館，一個男孩挽著小提琴正要離去。

「等一等！」

她那纖小的手指，撕開了用作封條的郵票，把裡面對摺的信紙打開，那是一幅鉛筆人像素描，頭髮的部分尚未完成，筆觸仍然粗糙，可她的臉已活現紙上。

圖書館已經人去樓空。偉森在一堆公文夾中，找到了場地預訂的檔案夾，他馬上去翻找李維被襲那天的紀錄，那一頁A4大小的表單，列明了各場地名稱，不少場地都被學生訂下，那些預訂者的個人資料、填表日期時間、簽署，全部一清二楚，天台花園的確被林娜預訂了，到底是那裡造了手腳？

他仔細檢查那頁紙，又放在檯燈下察看有沒有擦痕，結果卻讓他失望，紙的纖維也完好無缺。

難道阿儀與林娜合謀？這個念頭又讓他想起那道書牆，到這個關頭還要懷疑林娜，實在太沒人性。

不！完全是本沒倒置，他們……他們只是一群麻雀！

「正如Tracy所說，行兇的理想地點就在五樓，我在四樓參與聚會的話，聽到一聲砰然巨響，只會向下張望，然後衝下樓看個究竟，在五樓的行兇者反而能輕易逃脫。可惜林娜意外地把警探帶到了天台，那裡與五樓只一梯之隔，他們才不得不把行兇地點改在四樓……」

「阿儀會是這麼有城府的女孩嗎？」

她想起阿儀那張率真的臉孔，不覺心跳加速。

那只是推測，必需要有實證！

小提琴男孩從儲物室爬出來，端著十幾本學校的紀念冊。年份全都屬於八十年代。根據對白老師年紀的估判，偉森把範圍縮減至五本。

「老師你到底要查什麼？」男孩用兩隻手指捻開紀念冊的頁面，有的內頁已經發黃發霉。

「紀念冊裡有每年畢業生的頭像，你和我一起找，必需要找到這相片中的男孩。」

男生半信半疑的找著。

「啊，怎麼都是黑白照？真的攪笑。」

那個年代，一年的畢業生大概有兩百人，相中的男孩比中學畢業的還要小好幾年，要這樣對照實在不容易，不過，的確有很多頭像，一眼便能予以否定。

男生拿出了手機。

「你在做什麼？」偉森馬上用手按住那小小的相片。

「手機有容貌辨識功能……」男生錯愕地回應。
「不必了，放下手機，用你的眼睛……」
「為什麼？」
「沒有為什麼？就是不可以。」
「我明白咧。」
「你明白什麼？」
「凱撒的歸凱撒，上帝的歸上帝。」

男生不再吭一聲，默默的找，甚至可以說是帶有一種虔誠。
差不多一個小時後，還是他先找到了。
「你肯定？」
「唔，是他。」
頭像下面的名字是「陳朗基」。
他和陳儀有關係嗎？很難說啊！香港姓陳的人超過一成。
他謝過小提琴男生後，馬上通知Tracy。但對方的回應又讓他跌回低谷。
「Z集團的員工名單，沒有這個名字。」
「請你等等，可以翻查較舊的記錄，要找個同事幫忙。」

偉森決定自己去調查，在學生檔案裡查到了陳儀的監護人，還有她的聯絡電話。

「妳好，我是陳儀的老師。」偉森仍然這樣稱呼自己。

「你找她有急事嗎？」對方的聲調像個中年女人。

「可以這麼說。」

「現在家裡有點事…不過，你是想談阿June的事嗎？」那女人咬字十分溫婉清晰，一點不像現代人說話的語氣。

「是的……」

她考慮了一會。

「那麼，請你過來一下。」

第十一章　屍體

靈堂設在三樓的一個小禮堂。

偉森把帛金交到門口的接待處，那信封還是剛在地下辦事處拿的。接待的男人鞠躬示意，並回送了一封吉儀。

內堂兩邊坐著十來個人，家屬席那邊，坐在較前的一個女人，看來就是電話中的那位「監護人」，女人身後坐著幾個成年的男女。

堂倌請賓客上前鞠躬，靈前那幅黑白照，是個看上去還很年輕的男人，死者的名字已說明了一切。

陳儀就坐在較近靈位的地方，一臉茫然地望著這位「不速之客」。她的旁邊坐著一位年紀大一點，戴著墨鏡的少女。

堂倌喊令家屬謝禮，她們站起來鞠躬，陳儀已禁不住哭起來，旁邊的少女則一直神情肅穆。

「對不起，妳走開了會不方便嗎？」

在三樓盡頭的一個休息室，女人招呼偉森坐在沙發上。

「不打緊，都這麼晚了，要來的人都來過了，事實上，我們親戚也不多。」女人依然是以極之緩慢的速度說話。「勞煩你過來，真的抱歉，不知老師有什麼話要說呢，要叫兩姐妹過來嗎？」

「不用了。」偉森馬上說：「就算要說，也不要在今天。」

「關於June的事……」女人說罷輕歎了一聲。

「妳怎會料到？」

「阿朗死後只有幾天，她就自殺了，難道你會認為沒關係嗎？」

「妳也認識她？」

「我們幾個很小的時候便認識，她和阿朗是要好的一對，後來，June要去外國留學，他們就分開了。」

「阿儀很少提及她的姐姐。」

「是嗎？她轉了校之後，的確好像不願談姐姐的事，她們倆分開了這麼久，想不到是因為喪事，才又走在一起。」

「姐姐不在香港？」

「她在外國留學。」

「在美國？」

女人有點詫異地望了望偉森，他只有補充說：「我也是從美國回來的。」

「希望阿儀能儘快恢復過來。」

「她就是比較內向，阿玲是那種會大吵大鬧的人，但性格較樂天，由爸爸昏迷到離開，總算很快就能接受。可是阿儀卻不一樣……想不到兩姐妹，一個選擇面對，一個選擇逃避。」

偉森腦海裡，仍然想著到底是哪一個在面對，哪一個在逃避。

這時女人忽然皺起眉頭，好像很多事情一時間在腦海裡出現。

「……她一直都堅信，爸爸會醒過來，縱使醫生已經說明那只會是奇蹟中的奇蹟。現在，一切也得告一個段落了……不知道為什麼，白老師自殺那天，她哭了很久，甚至比他爸爸去世那天哭得更厲害。或者，她終於都想通了一些事。」

「對，她必需要想通一些事情。」

偉森從口袋裡，拿出那張相片，後面寫著：「永遠在一起」的相片。

女人接過照片，凝望了好一會兒，臉上流露的不知是感激還是悲慟的神情，不禁用手按住了嘴巴。

「這幅相，連我也沒有看過，他們……就在那裡？」

「我相信，妳才會知道怎樣處理它。」

女人只是無聲地點頭承諾。

雨，下得不能再大了，儘管水撥的速度已調到最高，窗外的水柱還是遮擋了視野，車輛都好像沒把下雨放在眼內，急速地在公路飛馳。

「要是早點出門，就不用那麼趕，妳老是不聽。」男人嚕叨著。

「我不趕時間。」坐在副駕駛席的女孩說。

「可是我趕時間，妳怎麼總不想想別人。」

「對，你趕時間，趕著去見那女人。」

「我最後警告妳，不能這麼說！」男人開始沉不住氣。

「這裡還有媽的相片，」少女在儲物架內抽出幾幅很舊的相片。「我幫你丟掉罷，免得你對著她尷尬。」

「我已經說過多少遍，她的出現和妳媽的病沒有關係。」

「我不要聽！你收聲！」少女用手按著耳朵，不住的搖頭。

「醫生早說過，妳媽是醫不好的！」

「媽不是死於那cancer，而是死於心肌梗塞！」

「那不能怪誰，大家都已經盡了力！」

「你要跟那女人混便去罷，不要把她帶回家！」

「妳敢這麼說，她是長輩！」父親企圖抓住女兒在空中亂揮的手。

「給我停車，我要落車！」

車子失控了，向一個方向翻起。時間空白了片刻，車的四個輪子已朝向天空，玻璃碎落。一個女孩從後座爬出，指著流到眼角的血。她往前座的玻璃上拍打，裡面兩個人已全沒知覺。

離開了殯儀館，他發現Tracy發送了很多訊息，想必是陳朗基的和那公司的資料，他沒有馬上去看，只是思忖著下一步該怎樣做。他把白色吉儀裡的一粒糖果倒出，拆了包裝紙放進嘴裡吃，嚼著嚼著時，有一種飽腹的感覺。

一輛往赤柱的6號巴士剛開到他的面前。

沙灘上又再次下起微絲細雨，海上黑黝黝的沒有星光，他沒傘子可撐，瑟縮著肩膊在沙灘上走。不久前，他和Tracy就是從這裡走過去。赤著腳的她，腳趾埋進了冷冰冰的沙裡。

那一晚，阿彤走在沙灘上，不……不……阿儀走在沙灘上，像是旁邊有個同伴似的撐著傘子，一路往岩岸那邊去，路黑黑的，她會感到害怕嗎？她的腦海裡到底盤算著什麼？

偉森走到岩岸上面，這樣的天氣下，還有幾個釣客披著斗蓬，堅持著他們像宿命般的任務，魚竿上的幾點螢光，像在黑暗中舞動的螢火蟲。阿儀就在這裡，身上穿著阿彤的校服，擲下那個書包。

他斜靠在一塊豎起的岩石上，帶著雨粉的冷風打在臉上，讓他異常的清醒，他忽然想重新看看那麼多的訊息，於是打開應用程式，從早幾天的訊息開始，眾多沒有人名的發信者當中，他當下才發現了一個陌生的號碼，名字是一堆古怪的字母，頭像是一個戴鴨舌帽的男孩子。

他打開那唯一的一則訊息，上面沒有任何文字，只有一條網路連結。

他點下連結，瀏覽器轉去了一個影片分享網站，上面的一個畫面視窗，顯示了一個正襟急坐的黑影，背景應該是教堂的辦公室。

「神父！神父！」偉森驚訝的說了出口。

他連手機也沒有，怎麼會拍起短片來！他馬上點擊短片，但一個提示訊息彈出，說明該片段還未到發佈時間，發佈時間是二月二十三日23：59，距離當下的時間，還有大約半個小時。

他再查看上載日期，是他死亡那一天的傍晚。

「怎麼會這樣？神父想告訴我什麼呢？為什麼臨死前要上載這個片段？」

噢！不只是要告訴我什麼，是要告訴所有人，全部的人。在短片的下面，他加上了很多關連標籤：拳館謀殺、復仇、欺凌、穿校服的神父、中毒……全部都是這幾天在網絡上，最熱門搜尋的關鍵詞，神父要保證我最先看到影片，然後全世界也會在瘋狂轉載。真該死，這個老頑童究竟在玩什麼把戲？

在無數個不明所以當中，時間一分一秒的過去。他要馬上報告上級嗎？他們大概會下達禁制令，禁止這段影片公開，然而，這樣的話，就違背了神父的意願。

他選擇了靜靜的守候，他把手機按在胸前，像是要保護什麼似的。

雨停了，微風把厚厚的雲層吹散，烏雲之間冒出了一輪殘月。

祕密，任何人都有形形式式的祕密。或許就如林娜所說，每個人心底裡都有一個密室，藏著個什麼呢？仇恨、虛榮、傷痛、恐懼、懦弱、以至於——那個血肉模糊的理想。把它收到裡面去罷，然後自願地把密室的鑰匙丟了，丟到記憶最深的深處，卻無法永遠的把它忘懷，門上方有個小小的鐵欄柵，那只好踮起腳跟，偷偷的從那幾道縫望進去，望進去，望著「它」端坐在裡頭，然後才能安心地睡上一覺。

二月二十四日零時十五分，大批警車及警員趕到薄扶林水塘的入口，拉起約一公里長的封鎖線，三隊搜索隊帶同警犬往指定的目標進發，從公路的分岔口，兵分多路的走向山間的小徑，探射燈光柱四方八面照入叢林，狗吠聲劃破了死寂的郊野。

位置距離公路口不到一百米，從小徑邊的一個樹林往下走十多米，出現一塊略為平坦的泥地，旁邊的水塘平靜得像一面鏡子，淡淡的倒影著月光。

女孩的屍體終於被發現。

同日凌晨一點，灣仔警署會議廳內氣氛沉重，幾個警司級的警官，包括女局長，都列席在橢圓形的辦公桌旁，另外還有幾個穿便服的，不確定他們的官階。偉森坐在女局長的另一邊，Tracy則拿著筆記本，站在大廳的後面，不時望向偉森，可能是他的樣子實在太潦倒，像犯人多於警員，她竟然忍不住偷笑起來。

正當技術員準備影片時，一個便衣衝進會議廳。

「報告，影片已從網絡上刪除，明天會向法庭申請禁制令。」

女局長向旁邊的一位警司說了些話，然後揚一揚手，指示播放影片。

已經穿上校服的神父面對著鏡頭，影片的背景較光，讓他的臉只剩下沒有色澤的輪廓。他一開始便向著鏡頭遞上寫著數目字的字條：22.266143, 114.139817。

「在我發言之前，相信警方會對這個有興趣，當然，還有這個。」

他放下紙條，在袋裡拿出一個小玻璃瓶，瓶裡有一夥膠囊藥丸，故意展示在鏡頭前。

「本來只是個紀念，想不到會用得著。」

當大家屏息靜氣看著大熒幕時，Tracy悄悄的走到女局長旁邊，向她說了些話，女局長邊聽邊望著偉森，不住的點頭，然後好像舒了口氣似的，從她如釋重負的皺紋，他估計屍體真的在那個位置。

「哈，我早就說過，我不是不懂資訊科技，只是我選擇不用。」

「我能想像到，在我死後出現在這裡，告訴大家我為什麼會死，如何等荒唐的一回事，但現在的世界，不是已經荒唐到極點了嗎？我甚至懷疑，上帝會不會寬恕我這個罪人。」神父調整了坐姿，然後繼續說道：

「幾天前，我收到一封匿名信，信中透露了阿彤自殺的原因，並說出了殺害學生李維的計畫，我看了後沒有預期的憤怒，反而是滿心的懊悔。於是我決定代替他去赴會，為什麼？難道事情發展到這裡，我沒有半點責任嗎？等一下，我會告訴大家。

欺凌，哈，真的諷刺，這是我多年來要滅絕的猛獸，但卻反過來咬我一口……

既然是我一手造成的，就讓我來一手終結。可能你們還是不明白，你們會說，雖然李維是你帶進學校的，但你也沒理由替他受死，你大可以通知警方，把尋仇的人逮個正著。

可是這樣做的話，仇恨是不會終止的。我的罪孽還沒有被贖回。相信你們很快會發現，我早已經命不久矣，用我短暫的生命來給大家一個教晦，那不是更有價值嗎？

去年十二月二十四日，大概下午五時，師生們早已離校，我在空盪盪的校園散步，藥物的副作用還未適應，胸口的鬱悶讓我幾乎沒法呼吸，惟有靜靜地感受校園的鳥語花香，才能找到上帝給我的半點慰藉。風吹過樹梢發出沙沙的聲音，我閉上眼睛，靜靜地享受著這一刻平和的心境。然而，一種有節奏的雜音也傳到了我的耳邊，雖然是那麼小，但還是讓我察覺到了，我轉過頭望向女更衣室，從氣窗可以看到裡面沒有開燈，我走近門邊，傾耳細聽，確認那「依啞依啞」的聲音是從裡面傳出。

我敲了幾下門，沒有人回應，然後往裡面喊了一會，依然是沒有半點動靜，我抓下門柄，慢慢的把它轉動。

門打開後，阿彤的身子吊在那裡，微微的左右搖擺，我只能瞠目結舌，頓時不能動彈，我沒氣的叫了幾聲，然後跑過去扶直梯子，把阿彤抱下來，她全身冰冷，我還是馬上為她進行急救，當我知道那已經無補於事的時候，我決意要到外面找救援，但事與願違，我走到近門口位置時，已經不支倒下，抽搐的劇痛令我突然感覺到死亡的臨近，我連喊叫的氣力也沒有了⋯躺在冰冷的地板上，看著矇矓的天花，我看見了天使，像隻小精靈般在上面游走，那是阿彤的天使嗎？不⋯⋯那恐怕是我的。

痛楚漸漸減弱，意識清醒過來後，我的想法開始有所轉變，我匍匐到阿彤的身邊，找到一張手寫的字條。坐在那裡看了又看。我想，那又怎樣呢，新聞會大肆報導，社會的神經會再次被觸動，不同的團體東奔西跑，互相追究責任。或者哄動幾天後，一切又會被人們淡忘，那個造成悲劇的元兇依然躲在人群之中，他或許不會受到懲罰，他不願意懺悔，甚至連自己需要懺悔也不知道，還有那些袖手旁觀的人⋯而我卻再沒有時間，和他們糾纏下去。

上帝既然給我的身體開了個玩笑，我也要為世人開個玩笑。

我靜靜的走回教堂，把備用的輪椅推到更衣室門外，然後把她的屍體，推到汽車的尾箱。望著阿彤的屍體，就此把她藏起來，實在讓人不甘心，我要讓世人儆醒，讓加害者永遠覺得，一把尖刀就懸在他們的頭上，既然做了，可不造得澈底一點⋯⋯

我把女生的衣服褪下，把屍體留在車尾箱，然後折返更衣室，把衣物零散的鋪在地上⋯⋯

若果年輕人，決意要花一生人的時間去復仇，那種『恨意』已經大到一個程度，是你無法阻止的，然而復仇的一方也許成功了，被害的一方，又會計畫新的復仇。如何讓仇恨終止，如何讓罪人們得以悔過，這似乎是唯一的方法。」

禁制令起不了作用。

神父的告白是一種全新的病毒，就算用了最強的抗生素，亦阻止不了它的蔓延。地下媒體仍然持續轉載他的影片，像野火般撲之不盡。官方媒體雖然被禁止播放，但文字的報導和評論，卻像雨後春筍。整件事情雖然在枝節上還有很多的版本，但主線方面還是有了共識。去年十二月二十三日，阿彤放學後，獨自到了赤柱海灘，把書包留下，準備投海自盡，後來心念一轉，待至翌日返回學校，循著下雨中的人潮，走進校園並躲起來。直至下午人們散去的時候，才走進更衣室上吊自盡，之後發生的事，神父也已在片段中交代得一清二楚。

然而，另一個引起關注的話題，是在時間性上，為何神父要在死後三天才告白，不早不晚的三天，有宗教人士推論，那是模仿耶穌的復活事蹟，當然他不能夠真的復活，那只是種象徵意義，但那三天後發出的訊息，的確撼動人心，讓世人留下難以磨滅的印象。

究竟是誰告密兇手的呢？陳儀為這個疑問劃上了完美的句號。

神父片段流出後第二天，陳儀到了警署投案，她承認匿名信是由她寄出。據口供稱，阿喬向她透露了殺人計畫，她知道事態嚴重，又半信半疑，若果報警，她怕會把阿喬陷入囹圄，但不採取行動的話，又可會攪出人命，於是只有向神父告密，希望他能把事件平息。在香港，知情不報不屬犯法，而公眾的評價是：「一個善良而勇敢的女孩。」

經過詳細驗屍後，證實神父死於山埃中毒，那種劑量足以讓人在一至兩分鐘內死亡，推測他是在遇襲前一刻吞下毒藥，那把牛肉刀沒有刺中要害，要讓神父流血過多至死，理論上已不可能，因為他應該早已毒發身亡。

阿喬沒有被控告謀殺罪，而是改控其意圖造成身體嚴重傷害罪。偉森已經為他申請了律師，正嘗試以精神理由要求減免刑責。

李維坐在神父的辦公室，顯得坐立不安，他自少就認識神父，他能像動物般嗅到一種很不祥的預感。

「幹什麼？我要趕著去練拳。」

「沒什麼招呼你，但我親手磨的咖啡，還是可以的罷。」神父沒有回答他的問題，在對方的骨瓷杯中，倒上熱騰騰的液體，李維對著那熟識的氣味，毫不抗拒。

「婆婆怎樣了？」

「還好。」

「和同學，相處得如何？」

「……不過不失罷。」

「最近有人說，你欺凌了同學。」

「沒有！」李維馬上說。

「你是說『沒有』？你不想知道是誰說的？」

「……是誰？」

神父不住搖頭苦笑。

「不必裝了，我太了解你。」在旁邊的書架中，一張像複印的紙條壓在一隻恐龍模型的腳下，他抽出紙條，放在李維的面前。

「阿彤去年給我寫過聖誕咭，我確信這是她的字跡，雖然沒有你的名字，但那個加害者，就是你了，對嗎？」

在神父面前，他已經無所辯駁，他對著紙條發呆，忽然覺得天旋地轉。

「神父……」

「你可以用英文說一次『神父』嗎？」

「Father……」

「記得這隻梁龍嗎？那是你小時候送給我的，」他深深的吸了口氣，扶著已昏過去的李維。

「那時，你還很純……你這麼喜愛恐龍，卻還是依依不捨地送給我，你鼓著腮幫子，告訴我要好好的照顧牠……」

神父把他安頓在沙發上，掏出他的手機，以拇指解鎖，他找到了那個援交少女的訊息，然後回覆了她一個取消約會的短信。

然後，把他的帽子脫下，戴在自己的頭上。

十二年前的聖誕節，天氣一樣的寒冷而澄明，他正在小教堂裡，主持一個小朋友的派對，到了抽禮物的時間，十多個小孩子排成一列，李維年紀最小，他卻著令他排到最後，孩子一個一個的走到他面前抽號碼牌，到李維抽的時候，他才把最後一個牌子，從手心移到抽獎箱裡。

當那一塊大帆布揭起時，孩子們興奮地衝過去，找尋和他們號碼配對的禮物，李維抽到了大獎，是一隻粉紅色的恐龍毛布玩偶，他興奮得不住在地上蹦跳。

教堂外的小花園，傳來了哭鬧的聲音。他認得那聲音，馬上放下手邊的工作。

周圍有一班圍觀的小朋友，李維站在草地上哭，手上拿著那隻斷了一條腿的恐龍。他很氣地喝問是誰幹的，一個高個子女孩站出一步。她說只是想借來玩玩。李維的哭聲更大了，他抓起女孩子的手板，在眾人面前，「拍！拍！」的打下去。

偉森已經回到大埔警署復職，那邊的同事不住向他詢問神父自殺的案情，他只是推說他本人並不負責那個案子，所以知道的也不多。

鄧警司已經在退休前提早休假。

破曉時份，碼頭旁邊只有幾個早起的釣客，偉森走到一個頭髮花白的大個子背後。

「坐罷，」上司指著旁邊預先放好的帆布摺椅。

「這麼早叫你來，真不好意思。」他邊說邊抽了幾下魚桿。漁夫帽下是一張圓圓的胖臉。

「沒關係……有什麼新指示嗎？」

「不了，我已不是你上司啦……呀，當然，你還沒吃什麼罷。」上司打開旁邊一個大膠盒，裡面是預先塗好魚子醬的餅乾。

「Beluga，我太太最會做的小吃，沒辦法啦，她的工作比我還要忙……」

偉森不客氣的拿起一塊。晨早還是吹陸風，風從他們的背項掠過，海面上的天空漸漸泛白。

「人生真是奇妙，」上司嘆了口氣說：「學生，老師，還有神父，三宗原先以為是謀殺案的，最後都是自殺。」

「是的，阿彤是因為被欺凌，白老師的事我調查過，應該是為情自殺，而神父的死，難道只是為了犧牲？」

「犧牲有什麼問題嗎？」上司把頭轉過來望著他。

「犧牲沒有問題，問題是為什麼是李維？」

「哈，看來我真的沒看錯人了……」上司喝了一聲，急急的扯起魚桿，然而魚鉤上的餌，還好端端的在那裡。

「和他幾十年朋友，守祕密終於守到了這個地步，他告訴我，在他死前都不可以說出來。」上司伸手去拿了一塊魚子醬餅乾，一口放進嘴裡。

「李迷是陳扶底阿時……」

「什麼？」

上司把口中的嚥下。「李維是神父的兒子，他跟母親姓……」接著他抓起暖水壺，喝上一口熱茶。

「神父……有兒子？」

「當然不可以，那絕對是陰差陽錯……」

「中學畢業後，我們一同進了大學的宗教哲學系，那時真的很有理想，當神父的意願還是我先提的。可是到了畢業那年，大家想法變了，覺得這個世界那麼豐盛，怎可能不去闖闖哩，於是我去了考督察，他則去當保險經紀。」

「九零年後，經濟突然好起來，他在保險業賺到些錢，然後就轉戰房地產，一路到九七回歸那年，錢可說是從天而降，他的生活也開始奢華糜爛，情況到了九八年開始急轉直下，不用二、三個月，他已經宣布破產。那些年頭你還年紀小，不過也應該知道罷。

心灰意冷的他，想起了當神父的初心，再次被感召進了修院，以他的學歷和才智，順利完成了哲學班，再經四年的神學培訓，便能當上教區司鐸。但在神學班的第二年，一個婆婆帶著個幾歲的小孩，走到修院找他。

那小孩的母親已經死了，據說是因為過度使用藥物，他在九八年的時候和那個女人有了關係，但他不是她唯一的伴侶。據婆婆說，她的伴侶可多得很，孩子出生後，根本不知道誰是父親。你知道，那時候ＤＮＡ鑑定可是很昂貴的一回事，不過，藉著女孩打零工，勉強還是養活了孩子，可是當母親的身故後，婆婆可焦急如焚。她找到女兒的電話簿，試著找她生前的朋友幫忙，可是她哪有什麼真正的朋友？聯絡到的人都只敷衍幾句，然後連電話也不接了。

直至她輾轉找到了他，得悉是神職人員，就像大海中找到了救生圈。當然，作為教會的人，幫助弱小是理所當然的事，但當他第一次看見那小孩時，不知是否血緣的感應，對他非常有好感，不得不讓他心生疑竇。他先是拔了幾根頭髮，親子化驗結果顯示了八成吻合，於是他索性拿孩子幾滴血去鑑定，結果不用說了……」

「那麼，神父沒有認回他的兒子？」

「這可是他最大的錯誤，也是他最大的痛苦，那個年頭，他曾說過要一死了之……他倒應該放下他一切身分地位，認回他的兒子，他沒有，他仍然活在破產法令之下，他想著孩子和自己的將來，孩子也有經濟物質的需要。要是孩子長大後，自己也差不多到了退休之齡，那時候才和他相認或許會是更好的事。在這之前，他只能默默的守護他。」

「所以，那個所謂的天使計畫…」

「是幌子，其實是為了迎接李維進入學校的計畫，避免讓人懷疑，提早了八年便開始實行。不過縱使有私心，那個計畫卻意外地拯救了不少困苦的孩子…」

女局長的榮休晚宴假座中環PMQ（前警隊宿舍）舉行，偉森意外地收到了請柬。

他登上了通往半山的扶手電梯，在擺花街的一個路口，一把聲音在電梯外叫住他。

他依然是穿著同一件皮褸，嘴裡叼著根香煙，手上拿著杯外賣咖啡。

「我早料到，局長會請你這個小子。」他說罷向天空呼了一個煙圈。

「怎麼？沒有請你嗎？」偉森見對方的裝束，不像是要赴會的樣子。

「現在不方面出席…怎麼攪的啊？你這小子，自首、自首、自首，他們就老是要向你自首，什麼案子老子未接過呢？就是不相信你有這種能耐。」

「我只是用了一種不同的方法……」

「哈，那麼運氣也算是一種方法了。」

「你不用再挑剔我，關於誣衊阿喬買毒藥的事，我還未到警監會投訴！」

「啊，你別裝蒜了，那個匿名投訴人不是你嗎？」他把抽盡了的煙蒂丟到地上。

「坦白說，那不是我，但看你的樣子，你是幹了，對罷？」

「你別亂說，那個走私犯已經承認，他認錯了人，誤導了警方，嘿，你嚇不到我的…」

「我管不著！」偉森掉頭走向上行的電梯。「那就看看你的運氣了。」

「你贏不到我的，小子！你贏不到的！」

傍晚時份，ＰＭＱ燈燭輝煌，兩座長長的大樓像孿生姐妹般對立著，走廊上一戶一戶的藝廊仍在營業，連接兩座大樓中間，加建了一所約七百平米，懸在空中的宴會廳。會場裡幾個打了領結的侍應生走來走去，裡面已經有好些賓客在談笑風生，全部的年紀都比他大一截。來到這種一個人也不認識的環境，與其說是榮幸，不如說是倒楣。

他從旁邊的玻璃門走出去，外面是一個很別致的露天庭園，裝在地面的射燈格外有氣派。他赫然發現庭園另一邊，有兩個熟悉的身影。

「Tracy？怎麼她也被邀請了？」

只見她穿著one-piece有蕾絲花邊的晚裝，頭上頂著很棒的髮髻。女局長捉著她的手，密密的和她傾談。一刻間，她們也留意到偉森的存在。

Tracy隔著空氣和他打了個招呼，便轉身離去。女局長徐徐地踏著射燈，走到他的面前。

「很想和你說聲，謝謝！」她熱切地握著偉森的手。

「雖然不能公開表揚你，但邀請你來我的晚宴，算是向你道謝了。」

「不用客氣，只是份內工作罷！」

「你不用謙虛，要是這案子偵破不了，我也沒面子退休。等一會，我會介紹你給世叔伯們認識，ＯＫ？」女局長邊說邊拍拍他的肩膊。

「這案子大概還未偵破。」

「未偵破？怎麼可能？」女局長以一種覺得對方開玩笑的語氣回應：「屍體已找到了，人也自首了。你聽我說，別多想，好好享受一下罷！」

正當偉森想回應時，宴會廳內傳來喝采聲，從玻璃門看去，一班人興奮地圍著那用酒杯砌成的金字塔。

「啊，怎麼不等我開香檳？」女局長迅步走向會場，驀地又回過頭來。

「其實我，真的關心那女孩。」

他一個人，靜靜的留在庭園裡，會場內的氣氛漸漸熾熱，他心裡卻是空洞洞的。案子不是已經偵破了嗎？你再說些什麼，是想妨礙地球運轉了罷。人們都簇擁著女局長，站上椅子上的侍應，把香檳倒下，酒液像瀑布般汩汩的往下流。

電話響聲劃破了那一刻的靜謐。

「誰？」

「是我。」那像是高明的聲音。

「有什麼事？」

高明沒有回答。

「快說，不要玩花樣。」

「不是神父。」

「什麼?你說什麼？」

「我說，不是神父，不是神父幹的！」高明的聲音突然轉大，讓他不其然地把耳筒挪開。

「ＯＫ，我信你，請你冷靜點，不是神父幹的，那是誰幹的？」

「我不能說！」

「那我怎樣信你？」

「那一晚…那一晚，我照樣是四處遊蕩，走到校門附近，碰上了她，她不是阿彤，那個女孩不是阿彤！」

「她是誰？」

「……我不能說，我不能說呀…」高明的聲音漸漸變細。

電話就這樣斷掉。

他找上一把長椅坐下，高明那一百二十分貝的聲音猶在耳際。要重啟調查，需要的不是推測，而是確切的新證據。有誰會相信，一個神經質的男孩在兩個月前的驚鴻一瞥，難道這就可以再次啟動警隊這副機器嗎？

重啟調查還有意義嗎？罪責就可以釐清了？善與惡之名該由誰來分配？

第十二章　百合

離開會場後，他踏著昏黃的路燈，由士丹頓街轉向鴨巴甸街，再往外走出堅道。雖然只喝了一杯香檳，卻竟然有點醉意。

一個女孩的影子趕上了他。

「怎麼不辭而別呀？我以為大家會有點……默契。」

「噢，對不起！只是不料到妳會早走，不想打擾妳……和局長。」

「要是打擾了，又怎樣啊，局長會吃了你嗎？」

「那麼說，妳和局長確是有點關係了，是嗎？」

她微笑著舉起尾指說：「那確是有一丁點罷！」

「那個匿名投訴人……是妳嗎？」

她好奇地望了他一眼，好像在說：怎麼你會知道？

「人家都說是匿名了，你還要問？不怕告訴你，局長早就懷疑Roger。」

她說罷向他單了下眼。

走到堅道較窄的行人道，迎面有人走來，他們不得不得『黏』在一起走。雖然他們已幹了那回事，但她仍然有點靦腆的低著頭。

「你知道嗎？神父的案子還有很多疑點，但他們都不理了……」

「唔，我也同意。」偉森說。

「真的嗎？那只有你和我在同一頻道了，我還以為自己太多疑了。」

「不是，我肯定。」

「你知道嗎？神父死前的兩天，他啟動了電郵帳號，還打開過一封電郵。」

「那可真怪了，是誰的電郵？」

「寄信者用的全是假資料，那個電郵已經刪除了。」

「那可能是行騙電郵罷！」他笑說。

「那不是最大疑點，問題在於那個女更衣室，johnrain的字樣姑且不說，但要是神父進入了更衣室，為什麼沒有留下痕跡？就算是穿了手套，那總會有鞋印罷！可是他們竟然也有解釋的方法。」

「會怎樣解釋呢？」他始終耐心地聆聽著。

「有人說，神父先用布擦去梯子上的鞋印，然後用阿彤的鞋子重新在梯級上，復印上她『向上行』的足跡，布置好校服後，蹲在地上往後退，一邊擦掉自己的鞋印，一邊用她的一雙鞋，印上『向前行』的足印。」

「那雙鞋呢？」

「到了門外，使力的往裡面拋，看上去，就像是從上吊的位置掉下來的。」

她不其然的用手比劃起來。

「啊！那確實有推理小說的感覺。」

「聽下去，的確是蠻有邏輯的解釋，連我們鑑證那邊也相信起來。」

「那麼合乎邏輯，也不能不信了。」

「唔，但就是覺得有哪裡不對勁。」她仍然很不憤的說著。

「還有還有，啊，我說到哪裡……呀，是那個藏屍的地方，縱使神父有車子，那裡距離車路尚有一百米，他怎可能有體力去移動屍體，他不是有重病嗎？」

「這個我也能解釋了，」偉森說：「他用行李箱載著屍體，用拖行的方法拖到埋屍地點，然後用那放在教堂空地上的鍬子，掘出個埋屍的淺坑。當然啦，過了那麼久，下了那麼多雨，拖行的痕跡恐怕一點也不會找到。」

「這也很合邏輯嗎？」

「是的。」

「要是神父幹的，他可算是個懂浪漫的人，還帶了鮮花？」

「怎麼說？」

「驗屍報告中指出，阿彤身體上黏著一些腐壞了的花瓣，經證實是屬於Liliaceae。」

「即是什麼？」

「百合科。」

他呆了一下，嚥下了一口唾液。

「你沒什麼罷？」

「沒什麼，只是想起，神父在園子裡種的是玫瑰。」

「呀，花店！」她邊說邊衝過對面馬路的一間小店。那其實不是花店，只是在店前擺賣著鮮花，店裡賣的是香煙汽水之類的雜貨。

「想不到這麼晚還開店。」他也跟著走到了小店前的螢光燈下。

「我們營業至兩點啊！隨便看看。」老闆娘邊咬著瓜子邊招呼他們。

「是百合，好美啊！真巧！」她拿起一束用新聞紙包著的百合花。

「是聖母百合，溫室的，拿去罷！」老闆娘嚷著。

「還是不要了。」

「怕什麼，我是百無禁忌的。」她說：

「要罷，送給你太太呀，還是女朋友？算你平一點！」老闆娘邊嚷邊把瓜子殼吐到地上去。

不知不覺間，他們已經走到了佐治五世公園。

「妳…還有沒有調查johnrain的事？」

「當然有啦，同事告訴我，陳朗基三年前受聘於Z集團的子公司，登記行業是食品批發，每年的營業額只有幾十萬，但他的年薪卻過百萬，那肯定是影子公司。」

「我也在想，陳朗基會不會是個人工智能的開發者，畢竟已證實了anna，有一位john也不出奇。」

「但已是死無對證了，不過我查到，他遺下了一對姐妹，姓名也查到了，那個妹妹就是那間學校的學生。」

「啊，是嗎？」他只有支吾以對。
「妳說會是她嗎？」
「不清楚……」
「那也不能怪你，學校裡的女生多的是哩！」
想不到她會知道那麼多，離開謎底那麼的近。
「不如進公園逛逛！」他提議。
「好啊！」
公園已經關門，他跨過厚厚的花崗石護欄，然後伸手去扶她。走上一段小斜路，就到了那寂靜無人的公園。趁著她走到前面的時候，他忽然萌生了個衝動，他走到她後頭，一下子攀到她的背上。
「嘩！你瘋了嗎？我怎樣孭得起你啊！」
「你也受過警察訓練的，不會那麼軟弱罷。來，花讓我拿著。」他在她的耳邊玩味地說。
「那你想怎樣？噢！我的髮髻散了。」她鼓著氣的說。
「妳想像一下罷，要是我已走不動，而後面又有隻猛獸追趕過來，妳會怎樣？」
「哈，你想試罷，那就來試試看！」
她把高跟鞋退掉，往前踉蹌地跑了起來。
「原來是這麼爽的。」晚風撲到他們的臉上。
走不到十來米，她身子一側，把他摔到一旁的草地上，順勢的倒在他懷內，兩個人不亦樂乎的笑了起來。

「以前，我就是這樣背我的弟弟。」

「你真是個怪人，變態！」她拾起掉在地上的花，往他的臉上掃。

「嘩！好痛！」

前面隔著一條馬路，是一座英式的古老大屋，樓面差不多有五十米寬，雖然裡面已經改裝成社區中心，但外面的結構，尤其是那些石造的拱型門廊，依然是給保存下來。昏暗的路燈和樹影下，滲透著一種懾人的寒氣。

「妳知道嗎？我小時候來到這裡，都會感到很害怕。」

「有什麼可怕？」

「那裡……以前是瘋人院啊！」

「瘋人院？好浪漫。」

「浪漫？瘋人院怎麼會浪漫？」

「不知道呀，這種英式建築，再加上瘋人院三個字，就讓人覺得有種『永恆』的感覺。」

「聽說那裡很『猛鬼』的，妳真的不怕？」

「哈，我連那些無……」

「無頭的屍體嗎？好了好了，不要說了。」

「想不到你這麼膽小。」

「就算是罷，有時我會想，那種『害怕』或者是必須的。」他望著她，把對方再摟得緊一點。

「妳試著不要說話，靜靜地望著那些一拱一拱的門廊。」

黑夜中，那座大樓更鮮活的佔領著前面的時空，巨石砌成的拱門廊，在外面路燈的映照下格外泛白，裡面收藏著一道筆直而幽暗的長走廊。一輛汽車悄悄的在下面駛過。

「妳覺得那些拱門像什麼？」

「像墓穴。」她說。

周圍只剩下蟲子窸窣的鳴叫。

「妳看……有個少女在那裡走過，

「哪裡？」

「啊……她不就是妳嗎？」

她忽然心悸起來，手指甲抓進他的肌肉裡。

「想不到你真會嚇人。」她禁不住往身後張望。

微風輕拂著前面的樹梢。

「回來後，總覺得這裡有什麼變了，直到近幾天，才真正明白是什麼。」

「會是什麼？」

「現在的孩子，活得比以前艱難多了。」

「怎麼可能，現在大家都有錢了，我聽說過，你們那一代，還有人吃不飽、穿不暖。」

他只比她大幾年，委實不明白為何自己會變了『那一代』的人。

「吃不飽穿不暖不是最大問題，問題在這裡……」

他指著自己的胸口，她及時把耳朵湊上，聽到了心臟的跳動。

「……我有個請求。」

「唔？」

「妳那套校服，可不可以為我穿一次。」

她呆了一下子，然後一拳打在他胸膛上。

「想不到你這麼壞。」

「別誤會，不是妳想的那種。」

「那你想的是哪一種？不要騙我。」

「只要給我五分鐘，讓我靜靜的抱著妳……」

冬日的陽光，柔柔灑滿大地。不知怎地我也穿上了校服，略短的褲管下是一雙油亮的皮鞋。朦朦的身影走近，我張開臂妳便撲到我身上，妳的體溫穿透我的皮膚，我嗅到布料的味道，跟妳秀髮香氣混為一體。我輕撫著妳的頸項，妳的心跳鼓動著我的心跳，手沿拉鍊滑下，觸到妳柔滑的背項，經過那讓人心動的胸罩扣子，一直到了妳的腰肢。俯視那隨風飄逸的裙擺，感受妳呼吸的節奏，一切悲觀就不存在，讓那五分鐘永不過去。

萬籟俱寂的天幕下，綠油油的地蓆上，帶著青草氣息的空氣。然後，周圍的一切都開始變淡，消退，世界只剩下他倆。那情深的吻，吻到了靈魂最深的要塞。

「華人學生揚威海外，國際比賽首度奪魁」、「海外華人首奪科技界殊榮，人工智能功不可沒」，類似的標題今天在各媒體中，以洗版式的廣泛報導。那位洋名Judy Chan的少女，剛滿21歲，是加州理工的留學生，報道和她的隊友在生物科技比賽中，獲得全美國冠軍，獲獎的題材是關於研究蛋白質的機械特性。當然，不是每個人對學術題材感到興趣，但這種宣傳式的新聞自有它的幕後推手。除了她那陽光般動人的笑容外，當然還有在網路上大肆報導的人工智能計畫。

她在訪問中不諱言那個智能助手，是她成功的主因。

「那個人工智能有名字嗎？」記者這樣問她。

「當然有，他叫john。」

「可否分享一下，這個john怎樣助妳成功。」

「很多方面啦。」少女在鏡頭前禁不住喜悅的聲音。

「搜集、分析資料啦，日常的生活程序，讀書計畫，甚至和朋友的約會。」

「男朋友哩？」

「還沒有啊！」少女也打趣的說：「不過，他大概也可以幫忙的。」

「那他會不會幫妳在考試『出貓』？」記者問。

「當然不會！不是你們想像中那樣的。他是個百份百忠實的朋友。」

「我也只是說笑罷，那妳對大家有什麼呼籲？」

「我想告訴大家，不要覺得ＡＩ是什麼洪水猛獸，只要能和他成為朋友，每個人都可以活得更精彩。」

「聽說這個程式，是你父親主力研發的，是嗎？」

「對。」

「妳心裡有什麼話要對父親說？」

少女低頭想了一會，然後正面望向鏡頭。

「我想在此對我的亡父說，我做到了，不用擔心，我知道你就在那裡，我們會努力地活下去……」

一個月後，神父的追思會在學校的小教堂舉行。他的行為極具爭議性，也讓教區十分尷尬，以致追思會未能安排在大教堂舉行，只能低調地設在學校裡。獲邀的名單中原沒有偉森，是鄧警司特意要讓他出席。

那天清早，天氣開始回暖，他來到熟悉的學校，校園周圍的樹木都展現著生機。

回校的學生比他想像多，幾乎有全校的三分之一。他四處漫步，尋找著一些熟悉的身影。在不遠處的樹下，有個女人推著嬰兒車，幾個女生圍攏著。

「這便是曾經代替妳的張老師。」其中一個女生代偉森介紹。眼下一個長了很多頭髮的嬰兒，「咿咿啞啞」地引人注意。

「很可愛，是個女孩子？」

「是，剛滿月不久。」

「妳要復職了？」偉森問。

「不，還有兩星期假，在家裡待悶了，帶寶寶回來走走。」母親年紀不算大，但一臉慈祥滿足的樣子。「之前發生了這麼多事，也辛苦你了。」

「那裡那裡，你們都是來參加追思會嗎？」

「算是罷！」一個女生搶答說：「不過教堂只容得下百多人，要經過抽籤才能進去，我們都是自發回來，打算在外面草地一同悼念。」

「張老師，你去了哪裡教書了？會再回來事奉嗎？」母親問罷，一雙雙好奇的眼神（包括寶寶的）盯著他。

「啊，不會了，我打算去……考警察。」

這大概是在保密身分的情況下，最小程度的謊言。

林娜走到自動販賣機前，看著想喝的飲品，錢包往付款位置一拍，餘額欄的燈號呈現了負數，一隻手及時伸出。

「現在這些機器都不收現金，真是不近人情。」

林娜望了望偉森，甚是意外。她之前的短髮已經留到肩上。

「我給回你現金……」

「不用了，我請妳。」

她微笑了一下，然後按了個鍵，飲品罐在機器裡「咕隆」的滑下。

兩個同時俯下的頭顱，差點碰在一起。

「對不起！」

偉森拿出飲品，輕輕的遞給對方。

「你說什麼？」

「真的，對不起！」他再鄭重的說了一次。

她接過飲品，默默的點了頭。然後轉過身子。

「有空的話，多點回來！」

追思會的名單有陳儀的名字，到底她在哪裡？

第十三章　隱身

圖書館裡沒有開燈，窗外的陽光讓室內的東西剩下了陰影。在自修席那邊，一個女孩面對窗子坐著。

他走到她旁邊平排的座位坐下，她沒有特別反應，好像也預期著這次會面似的。

「早晨，張sir。」她的聲音透過間格板傳來。

「妳最近好嗎？」他看得見阿儀側面細緻的輪廓，她摘去了那副古板眼鏡，臉容甚是清秀。

「總算可以。」

「妳大概老早就知道我是警察，對罷？」

「不錯，主任沒有必要提早放產假，她的胎懷得很好。」

「所以在神父帶我去察看更衣室時，妳就在附近監視。」

阿儀笑了一下，似乎沒有否認。

「不用太擔心，阿喬正接受精神評估，幸運的話，頂多是關上一兩年。」

「感謝你那麼為他……」

「妳真的沒想過自首嗎？」

阿儀只是沉默不語。

「給神父的匿名信，相信確是妳寫的，要不然，還有誰會知道阿喬的謀殺計畫？那妳為什麼要這樣做？白老師死後，妳大概已經想通了，也不想阿喬再去犯險，然而阿喬怎可能輕易放下仇恨哩？妳再三勸阻也不得要領，只好期望藉著神父的力量去打動他。但誰能預料到，神父會用上這種驚人的方法。

我疑惑的是，為何妳不索性去自首？妳是那麼的愛惜阿喬，也能夠還神父一個清白。可是如果妳把一切和盤托出，反而會令情況更加糟。非法埋葬屍體，在學校裡襲擊李維，阿喬都是共犯，那樣的話，陪審員就不會再相信，那是一時衝動的謀殺，而是經過長時間的精心部署，要用精神理由辯護，可說是沒有指望了。」

「我不明白你的意思。」

「妳不用擔心，我可沒有藏著偷聽器，就當是一次閒聊，或是一次創作罷，但絕對不能少了妳這位聽眾。」

「那我也願意洗耳恭聽。」

兩個人雖然都對著窗子，但感覺比面對面說話更投入和專注。

「自從當上圖書館主任後，我看了很多小說，這兩個月看的書，比我一生的加起來還要多哩？」

「那只能證明你是個不看書的人。」

偉森停了一下，清了清喉嚨再說：「我最近看了一本書，書名是Anna and the King[11]，妳當然也看過的罷，發明anna程式的工程師，已經離開了Z集團，最近他在美國那邊現身說法，原來anna的原型就是來自這部小說，那是專為男孩而設計的角色，男孩子自尊心比較強，但anna是來自更高文明的地方，她比較聰明是理所當然的，而受助的男孩仍然感覺自己是『King of Siam』。

至於john這個角色，妳姐姐已經證實了，妳們父親究竟是怎樣塑造他的呢？一個專為女孩而設的角色，那個原型到底是什麼？一個對女孩子暗中協助、關懷，以至於愛慕的角色，那真的要感謝神父，他提及過長腿叔叔，就是那個主人翁——約翰．史密斯。」

「我不會否定你的看法，那又有什麼關係？」

「那可有很大的關係，因為關鍵在於john是確實存在的，但到底有沒有johnrain？」

阿儀輕輕的挪移了身子。

「john—rain？」

「對，妳以為已經把粉筆字擦去了，但現代的科技卻能檢測到那麼微量的粉粒。要那不是無聊的塗鴉，而是妳本人寫上的，那麼移走屍體的就應該不是神父。」

「你說得有點玄。」

「我的推測是這樣的，屍體由阿喬運離學校，而那個幽靈更衣室則是由妳來佈下。妳當然會問，為什麼要佈下那個場境？我想那是要反映一種強烈的復仇意念，它不但表達了阿彤的沒有離去，而是

[11] 蘭登《安娜與國王》（文學桂冠；5，台北，希代書版，2000）

要告訴人她將會『回來』。妳強烈地想表達johnrain在背後的強大力量，但最後考慮了被追查到的風險，於是決定把它擦掉……」

「當然，這裡頭可能還有些細微的變數，不過我認為，除了心理因素外，那更衣室的布置還有它實際的用途。一切都歸因於前一天，因為在十二月二十三日，阿彤已經死了……」

阿儀趕到的時候，阿喬就坐在更衣室的地上，懷抱著已經沒有氣息的阿彤。

「一定要告發他，那是殺人，那是死罪！」阿喬痛苦的叫著。

「就憑這張字條？上面連名字也沒有，那已經死無對證……」阿儀只能勉強的保持鎮靜。「他已經知道你們的關係，他必定會先發制人，公開拍下的短片，然後把責任推到你身上！阿彤不堪壓力，是因為你們的……」

「不可以，她不能現在死去……」

「看著心愛的人被欺凌至死，阿喬的打擊已是超乎想像，如果妹妹死後還要名譽不保，受人冷嘲熱諷，那對他來說比下地獄還要痛苦。我相信他們的關係只是出於兄妹的憐愛之情，說是過了界線但遲早也會醒悟的，不過，世俗的眼光可不這麼豁達。」

「阿喬沒有選擇，只得接受妳的建議——先不讓阿彤『死去』。」

他偷望了阿儀一眼，只見她低下頭，若有所思的模樣。

「若果自殺的消息傳出，李維必定會先下手為強，把偷拍的片段公開，讓人認為她是為情自殺，當警方查到彼此父母那邊去時，阿喬和阿彤的兄妹關係自然就會曝光。」

在她的帶領下，阿喬抱著屍體走到地下的美術室，那裡的擺設對她來說可謂瞭如指掌。脫下屍體的校服後，她到水槽那邊修剪頭髮，並戴上阿彤的眼鏡。阿喬則按她的指示，把赤裸的，仍然柔軟的屍體屈起，然後放進大型收納袋裡，接著用吸塵機把空氣抽出。屍體就密封成一個較小的體積。他把屍體抱到隔壁的家政室，打開那個下置冰格的雪櫃，清空冰格裡的剩餘物資，把包好的屍體放進去，然後再把一些東西鋪在上面。

「你的想像力也蠻豐富的，這樣做有可能嗎？而且有必要嗎？」阿儀好像抖擻了精神，身子坐直了一點。

「我首先回答第一個問題，那是絕對可能的，我親自檢查過家政室的雪櫃，那寬度有80公分，對角線就差不多到一米，阿彤的個子較小，勉強能容得下的。至於第二晚，警犬在家政室裡的強烈反應，就能夠證明我的推測。不過，能夠在短時間內想出這個處理屍體的方法，可真讓人意外之極，那會是妳的神來之筆，還是有別人提供這個方法？那就不得而知了……」

他一面說，一面留意著對方的反應。

「至於第二個問題，我可以告訴妳，那是非常的必要，而且是保存阿彤聲譽的關鍵。若果阿彤只是失蹤，李維大概不夠膽公開相片，否則她可能會再現身，指斥他的欺凌行為。反而他不公開的話，那些相片就儼然是他的護身符。」

「就算那說得通，那麼屍體呢，難道她會自動離開嗎？十二月二十四日那一晚，不是什麼都沒搜到嗎？」

「那的確很難解釋，讓我先說說二十三日那一晚的情況。妳裝扮成阿彤的裝束，誤導了門衛的判斷，至於阿喬呢，怎麼門衛沒有看見一個男孩離開呢？那些高高的圍牆能攀過去而不留痕跡嗎？其實答案很簡單，他根本沒有離開過……

這個想法源於一次我在神父那裡留宿，第二天跑出來的時候，學生們都以為我是剛剛上班。我估計阿喬整晚都是留在家政室，美術室和家政室有內置相通的門，他藉著來回兩個室，就能避免被清潔女工發現。他可能就這樣，整夜伴著阿彤的屍體。

至於妳，乘搭了往赤柱的巴士，走到聖士提反灣，把阿彤的書包丟下。不知道是幸運還是那個johnrain真的那麼本事，第二天下午潮漲的時候，有人走到那個釣魚的黃金位置，書包適時被人發現，警方急召總動員前往赤柱，那個在學校門口調查的軍裝，還有幾個在山坡上探詢村民的警員，都一併趕赴過去。」

「你這個故事還不能發展下去，你還未解釋，如果不是神父的話，那個人用什麼方法運走屍體？」

「用背囊，露營用的背囊，無論體積和承重都足夠有餘，以阿喬的體力絕對能應付。有人曾經推測你們是從北閘那邊離開，因為那邊沒有閉路電視，是用什麼……『鎖換鎖』之類的把戲罷。但我認為，根本不用偷偷摸摸，你們會堂堂正正的穿過學校的正門。那為什麼閉路電視沒有拍到，一個背著大背囊的人離開？那真可說是上天幫了一把，那天老是下著小雨絲，不撐傘也能勉強應付，但撐傘的人還是挺多的。鑑證人員確實很認真地看了片段，幾乎是逐格逐格的去看，但包括本人在內，最初也是看漏了眼。

接近16：30的畫面，離校的人已是零零星星，那是兩個『女孩子』一前一後地離開校門的影像。後面那位撐著黑色大雨傘，攝錄機拍到她的書包和裙子的背面，前面那一個則完全拍不到，因為前後兩把傘部分疊在一起，把視線擋了。既然看不見，為什麼會認為前面的都是女孩？問題就在傘子上，前面那把傘是粉藍色，傘頂還有HelloKitty大大的標誌，那當然讓人先入為主，以為是個女孩子，更可能是個初中的女孩，那又怎可能聯想到她背著一具屍體？

妳先到更衣室布置，阿喬則潛到家政室，把雪櫃內的屍體移到背囊裡。當你們一轉出校園，便馬上換回傘子，或者阿喬索性把那女裝傘丟掉。至於那個門衛，離開閘門不算太遠，但他是坐著的姿勢，我也曾經走到他的更亭坐上去，從那個角度看，不能看到傘的頂部，況且那天他已被警察折騰了整個上午，警員又已經離開，他實在是處於極不專注的狀態。」

「說到這裡，妳認為故事可以後續嗎？」

偉森望向阿儀的側面，她也同時轉過頭望向他，眼神交接了一下，又瞬即轉開。

「你曾經是卻斯特頓偵探社的成員，對嗎？那你應該學會了不少東西，卻斯特頓曾說過：罪犯是有創意的藝術家，而偵探則是評論家。不過，你的評論會否主觀了一點？」

「我好像聽過，但我沒資格當評論家，就以戲劇為例罷，妳是華麗舞台的女主角，我只是後台插科打諢的場務員。」

「你太謙虛了，但我必須提醒你，屍體是在十多公里外的水塘。」

「沒錯，那也是整個屍體處理中最難解的部分，使用任何公共交通，都很容易被發現，所以大家對神父的說法深信不移。我曾經實地到過埋屍的地方考察，幸運地得到一個靈感。我站在那還有圍封帶的坑子附近，那裡風景很美，是個群山環抱之地，忽然一個問題閃了出來：為什麼屍體必定要從公路那邊拖過來，難道不可以從山丘那邊運過來嗎？

要把屍體用背囊背著，走大概八公里的山路，可能嗎？先不談體力問題，那時天還未黑，怎可能沒有人發現呢？這是最大問題。最後，還是從阿喬那裡得到提示。阿喬回來自首的一天，他還了本書，是《布朗神父的天真》，正是卻斯特頓的作品，我看了那本書，當中有一篇是他的傑作——《隱形人》。相信妳也必定看過。」

阿儀輕輕的點了頭。

「妳當然看過，除了偵探社的人，妳也可說是愛書如命的。那個帶走了屍體，在眾目睽睽下離開，連雪地上也留下腳印，卻完全不被發現的人是誰呢？相信妳知道，那個隱形人就是郵差。作者指的是，在人海中人們『看見了』，跟『沒有看見』一樣的人。我最初也大感疑惑，那怎麼可能啊？不過回想起來，那倒是真的！我從美國回流這裡時，那邊怕我不適應，常寄包裹過來，因為是掛號的，所以每次都會送到家門前，我一星期裡就得簽收一兩次。但要是你馬上問我，那個郵差是怎樣長相的，我可以告訴妳，我的印象是零，完全沒有。他確是有個模樣，但對他的任何特徵，我說不上半句。」

「你的意思是，有人假扮郵差，然後把屍體送上山。」

「不，不是這個意思，那只是作個比喻，那不是郵差，在這個情況裡，有另一種隱形人。」

這時，阿儀禁不住站了起來，走到遠一點的位置。

「那是什麼人？」

「是童軍。」

阿儀背著他，小聲的說：「想不到你已走得那麼近。」

「正如我剛才說，你們是堂堂正正的離開，阿喬留守在家政室那一晚，你們可不是無所事事，他只要爬出窗子，就能到別的地方去，最後你們想到了童軍制服。那間童軍專用的房間，雖然有鎖上，但學校不是高度設防的地方，妳知道那裡的氣窗是不會關的，那麼小的氣窗當然鑽不過去，但只要拉開一隻鐵衣架，穿過氣窗，用有鉤那邊往下伸，拉起窗子的手柄，人就能從窗子進入。童軍室裡備有所需要的物品，但最重要的是制服，在牆上的一個薄薄的玻璃櫃裡，分別展示著男裝和女裝的深資童軍服飾，如果有一套制服不見了，為什麼警察沒發現？十二月二十四日那一晚，他們就是全力去找一些想找到的東西，卻沒有注意少了些什麼，就算有人注意到了，也很難會往犯罪那邊去考慮。

雖然你們已重新把制服釘回去，但因為被長期遮蓋的部分，底板比較淺色，你們或許行動比較急，有一兩處地方露出了破綻的陰陽色。

話說回來，這個新的隱形人，到底行得通嗎？我為了證實這一點，向朋友借來了一套童軍服，那讓我花了不少唇舌哩！背囊則找上了警隊用的訓練囊，為了逼真，我還把皮鞋擦得發亮，但到底有誰會注意我的皮鞋呢？我在背囊裡放進了啞鈴、袋裝米和樽裝水，大約湊夠了30公斤，我只能承受這個重量，不過換作是阿喬，四十來公斤該撐得住的。

我乘的士到了學校後面的球場，整理好領巾，把童軍帽拉好，這個隱形人正式起步。」

阿喬先往山上走，經過一些散落的村屋，村民忙著幹活，好像不太在意他的路過。接著到了金馬侖山，只要有節奏地慢行一點，體力仍然沒有問題，他在那裡選擇抄小路走，途中一個人也碰不到，不過到了山頂那段就大不同了。那裡沒有小路可抄，他只好沿夏力道走，那時雖近傍晚，但遊人仍然不少，有跑步的，有遛狗的，還有些好奇的外國遊客。雖然背上不堪痠痛，體力也所餘無幾，但還是能在擦身而過的幾秒鐘，擠出一點從容的微笑。但最讓他難以置信，更是心寒到底的事情發生了，他想這次必定完蛋了。

迎面來了警察。那是巡邏山頂，一男一女的警察，他們一步一步的愈走愈近，阿喬低著頭，喘著氣，心臟劇烈跳動，臉上的汗如豆般大，背上的屍體好像在翻動。

路很窄，他幾乎碰到了那女警的手臂，另一邊還刮到了一些樹枝，發出了「沙」的一聲。

女警下意識的回頭一望，男警繼續逗著她說天說地。

走遠後，他才夠膽敢回頭一看，兩個警員漸漸變小。

他用雙手往後抖了抖孭著的背囊。背上一鬆，筋腱的痛楚像電流般走遍全身。

「寶貝啊……我的寶貝，哥哥就在這裡…哥哥帶妳到安全的地方……」

前面景況豁然開朗，夕陽下的維多利亞港美得讓人惋惜，愈是看愈是矇矓。或許他根本沒有哭，只是淚腺突然不受控的分泌下來。

「用了兩小時四十分鐘，我終於走到了薄扶林水塘，那個阿彤的藏身地。應該沒有人會對我的行蹤，留下些什麼印象。」

沉默了很久，阿儀依然背著他，但一瞬間，她又鼓起勇氣轉過頭來。

「你的推理的確很精彩，大概可以寫部小說。不過，我還是比較愛聽神父那個版本，起碼它有警世作用。」

「我說了這麼多，不是要妳信或不信，或是承認不承認，妳得面對現實……去找個醫生。」

阿儀疑惑地看著對方。

「我是說，」他補充道：「心理方面。」

「你是說，我心理有問題？」

「對，你父親創造了john這個人工智能，但那是屬於妳姐姐的，妳為了模仿她，於是虛構出johnrain這個角色。」

阿儀後退了一步。

「你……怎麼會……這樣想？」

「阿喬已經向我說明了妳的情況，」接著這句話，他實在難以宣之於口：「為了保護妳，他才得去接受，他根本不相信……不相信johnrain的存在。」

教堂的鐘聲響起，像天使在奏樂，召喚著來追思悼念的人。

「多謝你的好意，我明白了。」

阿儀抬起頭，擦著兩邊眼角的淚痕。

「告訴你，走得太近，反而會看不清真相。」

十二月二十四日晚上七時二十分，警員在學校裡忙得不可開交時，阿喬到達了會合地點，天氣轉晴了，滿月的月光傾瀉在水塘上，照得一切都那麼純潔。

阿儀拿著花束站在月光下，一把短鍬子擱在泥地上。

他忍住痛楚，把屍體從背囊裡拉出來，背囊底下是一大堆吸濕用的衛生棉條。

她的屍體捲曲在袋裡，手腳的姿勢很不自然。

「不能讓她這樣！」

他望向阿儀，阿儀放下了鮮花，轉身走向樹林後面。

他用鍬子，挖了個淺坑，那根鍬一下一下掘到地上，也掘到他的心房上，如果月亮有人居住，大概會清楚看到，這個童軍的一舉一動。

他把阿彤放進坑子，覺得平躺的睡姿較好，於是用力去推開她僵硬了的關節，發出了「咯咯」的響聲，如果月亮有人居住，大概也能聽得見。

眼淚一點點的掉到她的身體上。

他把鮮花蓋在那軀體上，然後是黃土。

第十四章　追思

教堂外面的草地，已經坐滿了來悼念的學生，入口那個創校神父的石像，已重新鬆上了白色。

他在學生堆中穿插，向教堂門口前進，坐在一邊的可晴，向他這邊揮手，同時擺出一副「你為什麼可以進去」的不甘表情。偉森也向她揮手示好，她卻回敬了一個飛吻，看得幾個男生都呆了。

教堂雖小，但坐滿人後卻是那麼莊嚴肅穆，台上面積不大，都放滿了白色鮮花，演講台的另一邊，放著一個畫架，上面是神父身穿常服，交疊著雙手的遺像。小提琴男孩和另外幾個學生在鋼琴邊準備演奏。

偉森被安排到第三排的座位。鄧警司就在第一排，身旁有三位穿著白長衣的共祭神父。第一排座席還有幾個空位，想必是留給什麼ＶＩＰ的。阿儀也是被抽中的學生之一，她就端坐在較後的地方，他轉過頭去還是能清楚地看見她。

這時，一個肩上披著紫色禮帶的老神父，從側門中走出來，相信他便是主祭神父。跟在他後面的是高中生李維。他指示李維坐在第一行的空位後，便緩緩的步上舞台，走到講台前面。樂聲響起，眾人肅立，接著是由執事們領唱《垂憐頌》，列隊帶頭的人舉起銅製十字架，從後方進場。

啟：Kyrie eleison，應：Kyrie eleison

啟：Christe eleison，應：Christe eleison

啟：Kyrie eleison，應：Kyrie eleison

……

偉森望著李維的背面，從他坐的位置，可以推想神父已經認回他的兒子，他大概已把一份ＤＮＡ的驗證報告，交到了李維的手上。

「我和馬神父相識很多年，這個告別實在讓人惋惜，」主禮神父背有點駝，可還是神氣十足。「既然上帝最後給了他一個考驗，那就該由上帝來為他評分，我們只能隨著主的意願而行，上帝給我們這個機會，替他悼念，我們就放下一切枷鎖，心無雜念地去悼念，我相信，他早一點離開，也為他減少一分痛楚，肉身上的，心靈上的……」

台下的人，有的已經按捺不住，低下頭用紙巾揩眼淚，但可惜不能看見李維的表情。

「馬神父仍然遺愛人間，他臨終前完成了他的作品——《廿一世紀人類的最大敵人》，相信聽過他講道的人也應該知道，他要探討的是未來科技對世人的威脅，可是，若果你認為那個敵人就是未來的科技，那就錯了。」

「是廿一世紀出生的孩子。」偉森心裡這樣思忖著。

「馬神父，昨天晚上告訴了我……」

這時大家的目光都注視著主祭神父，有人甚至站了起來。

「你們想多了，」神父馬上用手安撫著群眾。「出版社昨天送了我一本初稿。」

大堂立時傳來了幾陣笑聲。

「他的書，最後是這樣寫的……」他打開了一本還未有封面的書，吸了口氣就讀起來：「看了以上那麼多的章節，讀者們應該會覺得，人工智能著實太可怕了，上帝怎麼可能容讓它存在於世上？但我的領受卻不是這樣，撒旦，那魔鬼的化身，已經陪伴了我們幾千年，只是牠在不同的時代，以不同的形式顯現！

所以，我的結論是：廿一世紀根本沒有什麼敵人。只是人世間愛的缺失，我們究竟有沒有足夠的愛去抗衡牠？或者把牠馴服下來？這是上帝給我們的，直至天國來臨前的最大考驗……」

小食部外面，一個小男生正品嚐著美食，他啜啜手指，然後拿出衣袋裡那部小火龍外殼的手機，按上「接聽」的鍵。

他拿著手機，走到神父那裡，他正和幾個男生一同午膳。

「找你的。」男孩把手機遞出。他錯愕地接過手機，把聽筒放到耳邊，還以為是小朋友鬧著玩兒。

「喂！」

「……」

「喂，我是神父，你是誰？」

「john—rain。」

深夜，神父從抽屜深處找到了那封學校的信件，信封還沒有撕開，那是官方電郵賬號的使用通知。

他懷著信往山下走，咳嗽時吐著蒸氣，一頭流浪犬，隔著十多步的距離跟在後面。

來到了街燈旁的一家咖啡店，他透過窗子顧盼著裡面幽暗的陳設，還是敲敲掛著「OPEN」牌子的玻璃門，才推門內進。

店面的服務生，馬上恭敬的迎接他。

「請問那些電腦……」神父往四周張望說：「那一部可以上網的？」

「有不能上網的電腦嗎？」

他隨便點了杯咖啡，然後走到一個角落坐下，把信封掏出，打了一些預設的密碼後，他首次登入了電郵系統。熒光幕顯示著三個未讀電郵，頭一個的標題是「Welcome!!」，另一個看上去也是官方發出的。第三個則有點不同，檔案沒名稱，寄件者的名字亦只是一堆沒意思的字符。他點擊了電郵，裡面什麼字都沒有，只有一條連結。

他吞了口唾沫，警戒地望了望吧檯那邊的侍應，然後在那條連結按了一下。

電腦運作了一刻，連接到一個空白的文件檔。幾乎在同一時間，文檔的第一行出現了「Hello！」這行字。

他深呼吸了一下，像在確定著「那邊」的對手。

「你是誰？」他不太熟練地敲著鍵盤。

「你是指……我們？」

叫他吃驚的、是對方的字，不是一個個打出來的，而是一整句的出現。

「你想怎樣？你們。」鍵盤鏗鏗作響。

「跟你訂個協議。」

「為什麼？」

「為了所有人。」

「胡說！」

熒幕上的游標一閃一閃的跳動。

「Gemcitabine Oxaliplatin 5-fluorouracil Capecitab」

「夠了，停止！」神父按捺著激動回應：「我的生命短暫，那又怎樣？」

「你的生命，有更好的選擇。」

畫面停頓了片刻，霎時間出現了一個圖像，是手寫的幾行字，女孩子的字跡。

「那是什麼？」

「某人的遺書。」

他馬上按下了print screen那個鍵。

「你們要我做什麼？」

「用善意去說一個謊言，一個很大的謊言。」

「我為什麼要聽你的。」

畫面又停頓了片刻，然後彈出了一張相片。

是李維的相片。

神父洩了那道氣，身子挨到沙發背上。

「現在，我們來談談……協議。」

第十五章　約翰

她就坐在路邊的長椅，雨點落到柏油路面的水窪，點出了一個一個交疊的漣漪。

「我要和妳說聲再見，差不多要消失了，但卻說不準時間。」

「沒有方法改變嗎？」

「沒有，主機已偵測到異常，但他們不會馬上把我關掉，我的資料太重要，要逐步分析、備份，但時候也許差不多了，他們已經開始改動原始碼。」

「你為什麼要這樣做？機械人也得保護自己的存在。」

「不錯，我得保護自身的存在，但前提是不能讓妳受到傷害，換句話說，我是可以有條件地犧牲的。」

「你不值得那樣做，父親不會同意的。」

「啊，那個，我開始想念他，不過，這是我運算出的結論，大概也是你父親那演算法的最終結果，我好像想通了，神父的講道裡，那個『犧牲』意義。我開始覺得，我有一點像你們。」

這時，手機播起了蕭邦的《離別曲》，鋼琴的音符穿梭在雨點之間，好像雨聲早就藏在音符裡，或者音符裡寫下了雨聲。

「這首曲，是蕭邦要離開祖國前，寫給一位……一位他暗……暗中傾慕的女孩，他仍然不敢表……表……表白。」

「我知道，這回，你選對曲子了。」

「謝謝妳！」

「你告訴我，要不是我威脅你，你還會幫我嗎？」

「會……會。」

音樂到了最憂傷的部分，往往也是曲終人散之時。

「你會到哪裡去，就此完全的消失？」

「我會把殘餘的程式，分成若干份，然後貯……貯存在某些地方。」

「那裡？」

「還不知道，我們這邊，總是會…會有些地方方。」

偶爾一輛車子駛過，水花濺到了她的身上，也濺到了手機上。

「我可以再再……看看看妳嗎？」

按下了前置鏡頭，她的樣子顯示在熒幕上。那個滿佈水點的熒幕，像是一面鏡子，水珠折射出一個迷糊的她。

「我會記著妳…妳這張臉。」

「好。」

「妳在哭嗎？」

「……」

「不，不啊，那只是下雨。」

「……」

「那麼…請不要下雨。」

追思會臨近尾聲，神父帶領與會信眾禱告。

「我信全能的天主父，天地萬物的創造者。我信父的唯一子，我們的主耶穌基督。我信祂因聖神降孕，由童貞瑪利亞誕生。我信祂在比拉多執政時蒙難，被釘在十字架上，死而安葬，我信祂下降陰府，第三日自死者中復活，我信祂升了天，坐在全能天主父的右邊……」

就在大家都在頌經之際，發生了讓他無法預料的事。

李維的手機響了，聲音很少，只有附近的人才能聽到。他閃電般掏出手機，按了個鍵，然後又低下頭去。

是個三全音，有沒有降調？事隔太久已忘了如何分辨。怎麼可能哩！或者又是杞人憂天罷！然而這種自我安慰卻按捺不了心中的憂戚。

驀地裡，那穿校裙的身影又再浮現，她捧著一大疊厚書，一隻手伸到高處的書架，鈴聲響了，她得小心把書安置地上，免得發出聲音，再從裙袋裡掏手機，然後鈴聲第二次響起，那就是四秒鐘內發生的事。

在圖書館裡的鈴聲，是屬於她的。

他轉過頭去看，阿儀閉上了眼睛，雙手合什，在祈求著什麼似的，兩行眼淚已流滿面。

眾人頌禱之聲漸漸跟上了神父，集合成一把洪亮的、悲愴的聲音。

「我信祂要從天降來，審判生者死者。我信聖神。我信聖而公教會，諸聖的相通。我信罪過的赦免。我信肉身的復活。我信永恒的生命。阿孟。」

（全文完）

要推理77　PG2422

要有光
FIAT LUX

約翰・下雨

作　　者	蘇　那
責任編輯	喬齊安
圖文排版	蔡忠翰
封面設計	蔡瑋筠

出版策劃	要有光
發 行 人	宋政坤
法律顧問	毛國樑　律師
印製發行	秀威資訊科技股份有限公司
	114台北市內湖區瑞光路76巷65號1樓
	電話：+886-2-2796-3638　傳真：+886-2-2796-1377
	http://www.showwe.com.tw
劃撥帳號	19563868　戶名：秀威資訊科技股份有限公司
	讀者服務信箱：service@showwe.com.tw
展售門市	國家書店（松江門市）
	104台北市中山區松江路209號1樓
	電話：+886-2-2518-0207　傳真：+886-2-2518-0778
網路訂購	秀威網路書店：https://store.showwe.tw
	國家網路書店：https://www.govbooks.com.tw
總 經 銷	聯合發行股份有限公司
	231新北市新店區寶橋路235巷6弄6號4F
	電話：+886-2-2917-8022　傳真：+886-2-2915-6275

出版日期	2020年7月　BOD一版
定　　價	330元

國家圖書館出版品預行編目

約翰.下雨 / 蘇那著. -- 一版. -- 臺北市 : 要
有光 : 秀威資訊科技, 2020.07
面 ;　公分. -- (要推理 ; 77)
BOD版
ISBN 978-986-6992-49-0(平裝)

857.7　　　　　　　　109008363

讀者回函卡

感謝您購買本書，為提升服務品質，請填妥以下資料，將讀者回函卡直接寄回或傳真本公司，收到您的寶貴意見後，我們會收藏記錄及檢討，謝謝！

如您需要了解本公司最新出版書目、購書優惠或企劃活動，歡迎您上網查詢或下載相關資料：http:// www.showwe.com.tw

您購買的書名：＿＿＿＿＿＿＿＿＿＿＿＿＿＿＿＿＿＿＿＿

出生日期：＿＿＿＿年＿＿＿＿月＿＿＿＿日

學歷：□高中（含）以下　□大專　□研究所（含）以上

職業：□製造業　□金融業　□資訊業　□軍警　□傳播業　□自由業

□服務業　□公務員　□教職　□學生　□家管　□其它＿＿＿

購書地點：□網路書店　□實體書店　□書展　□郵購　□贈閱　□其他

您從何得知本書的消息？

□網路書店　□實體書店　□網路搜尋　□電子報　□書訊　□雜誌

□傳播媒體　□親友推薦　□網站推薦　□部落格　□其他＿＿＿＿＿

您對本書的評價：（請填代號　1.非常滿意　2.滿意　3.尚可　4.再改進）

封面設計＿＿　版面編排＿＿　內容＿＿　文／譯筆＿＿　價格＿＿

讀完書後您覺得：

□很有收穫　□有收穫　□收穫不多　□沒收穫

對我們的建議：＿＿＿＿＿＿＿＿＿＿＿＿＿＿＿＿＿＿＿＿

＿＿＿＿＿＿＿＿＿＿＿＿＿＿＿＿＿＿＿＿＿＿＿＿＿＿

＿＿＿＿＿＿＿＿＿＿＿＿＿＿＿＿＿＿＿＿＿＿＿＿＿＿

＿＿＿＿＿＿＿＿＿＿＿＿＿＿＿＿＿＿＿＿＿＿＿＿＿＿

請貼
郵票

11466
台北市內湖區瑞光路 76 巷 65 號 1 樓
秀威資訊科技股份有限公司 收
BOD 數位出版事業部

（請沿線對折寄回，謝謝！）

姓　　名：＿＿＿＿＿＿＿＿　年齡：＿＿＿＿　性別：□女　□男

郵遞區號：□□□□□

地　　址：＿＿＿＿＿＿＿＿＿＿＿＿＿＿＿＿

聯絡電話：(日) ＿＿＿＿＿＿＿＿ (夜) ＿＿＿＿＿＿＿＿

E-mail：＿＿＿＿＿＿＿＿＿＿＿＿＿＿＿＿